锋———芒———文———丛

童年
伙伴

TONGNIAN HUOBAN

马兵 —————— 主编

山东文艺出版社

图书在版编目（CIP）数据

童年伙伴 / 马兵主编 . —济南：山东文艺出版社，2020.3
ISBN 978-7-5329-6065-1

Ⅰ . ①童… Ⅱ . ①马… Ⅲ . ①中篇小说—小说集—中国—当代②短篇小说—小说集—中国—当代 Ⅳ . ① I247.7

中国版本图书馆 CIP 数据核字 (2020) 第 021352 号

童年伙伴

马　兵　主编

主管单位	山东出版传媒股份有限公司
出版发行	山东文艺出版社
社　　址	山东省济南市英雄山路 189 号
邮　　编	250002
网　　址	www.sdwypress.com
读者服务	0531-82098776（总编室）
	0531-82098775（市场营销部）
电子邮箱	sdwy@sdpress.com.cn
印　　刷	山东新华印务有限责任公司
开　　本	850mm×1230mm　1/32
印　　张	5.75
字　　数	112 千
版　　次	2020 年 3 月第 1 版
印　　次	2020 年 3 月第 1 次印刷
书　　号	ISBN 978-7-5329-6065-1
定　　价	32.00 元

版权专有，侵权必究。如有图书质量问题，请与出版社联系调换。

锋芒文丛·序

不知不觉,新世纪文学已经走过了20个年头。遥想百年之前,"五四"新文学正攻城略地,以确定富有现代性内质的文学样态的合法性。其时的新文学"如初春,如朝日,如百卉之萌动,如利刃之新发于硎",锋芒所向,旧文学几难以布阵。百年倏忽而过,今日的中国当代文学虽然完成了初步的经典化,但相比于漫长渊深的古典文学而言,依然还在成长的旅途中,依然时时迸溅热情炫目的青春之光,依然有着属于这个时代的凛冽和耀眼的锋芒。为了全面呈现当下中青年小说家的创作实绩,向海内外介绍中国当下小说的多元与活力,我们特编选《锋芒文丛》,共分6辑,精选60后到90后40余位优秀小说家的中短篇小说,以飨读者。

我们的编选遵从如下几条原则:其一,虚构与想象的激情。在"非虚构"所带来的压力的反激之下,虚构的热情和信心其实又被暗暗激活。其实,就对生活的塑造和映照而言,虚构的力量未必比非虚构标榜的真实、客观在强度上就要差多少,关键是小说家如何借由虚构在更大的意义上完成对时代的总括或者提炼。好的小说家可以凭借不凡的体验、洞察、叙事和想象力,深度介入并阐释我们这个日新月异的时代,在全球化的语境中呈现中国本土文学的叙事智慧，致力于现代汉语的美学实践。

其二，叙事的智性和生长性。对于今天的小说家而言，一个足够好的故事通常不再意味着跌宕起伏的情节和有饱满性格的人物，而是为开放性的阐释提供足够的发展空间与无限可能。因此，我们收录的作品，即便小说家擅长操纵故事，吸引读者，也不会再去展示一种无缝隙的闭环的叙述，因为这种叙事仅仅是对听故事的人已经知道的东西进行了强化，今天的好故事要提供一种生长性。

其三，"属己"与"属世"的平衡。一个好的小说家理应是一个既具有"在地性"的关怀视野又能在更大的文化层面中反思"在地性"写作问题的写作者。那如何处理"在地性"与更广阔的时代经验的平衡？有的作家通过写本土故事寓言化地折射，有的作家通过返乡的叙述模式制造"在地"与"他乡"的互动，有的作家通过异乡人冷冷观照全人类，有的作家通过超验与彼岸看经验与此岸。在我们提供的小说中，小说家处理的是自己和自己的遭遇，而指向的往往是恒久的人和我们共在的情境。或者说，这是一种阿甘本意义上的"同时代性"，"这种关系既依附于时代，同时又与它保持距离"。

期待《锋芒文丛》的"锋芒"能劈开生活沉滞的暗角，让我们共同感受属于文学的锐利！

马　兵

目 录

刘玉栋《给马兰姑姑押车》_____ 001

瓦 当《去动物园漫步才是正经事》_____ 018

李云雷《暗夜行路》_____ 029

徐则臣《伞兵与卖油郎》_____ 052

绿 妖《少女哪吒》_____ 077

张天翼《辛德瑞拉之舞》_____ 103

庞 羽《我是梦露》_____ 159

给马兰姑姑押车

刘玉栋

冬天的乡村,天空总是瓦蓝瓦蓝的。阳光铺洒下来,显得特别清凉。池塘早已被厚厚的冰封死了,正是孩子们滑冰车的好时候。孩子们嗷嗷地叫喊着,冰车急速向前冲刺,不时有孩子摔倒在冰面上,引来其他孩子的一阵阵笑声。跟孩子们相比,大人倒清闲多了,他们揣着手,嘴里叼着自卷的大炮烟,轻轻地跺着脚。但并不是每个人都这么清闲。这时候,正是村子里婚嫁最为频繁的时节。谁家摊上这样的事,谁家便忙得不可开交。

红兵正是在这个时候听到了马兰姑姑要出嫁的消息。

当时,红兵正和他弟弟红星,还有石头、青松等一大帮孩子在池塘里滑冰车。红星跟青松撞到了一块。青松打了他一拳。红兵不愿意了，走过去，一脚踢翻了青松的冰车。虽然红兵跟青松是同一年生的，都是九岁，但比青松高出半个脑袋，青松有点怕红兵。红兵正想再跟上一脚，把青松踹趴在冰面上，却猛地听到石头他们发出一阵哄笑。红兵顺着石头的目光看去，看到马二奶奶正从地上爬起来。原来是马二奶奶跌了一跤。马二奶奶拍打着身上的土，朝这边骂了一句，便又一颠颠地朝南街走去。马二奶奶有一双小脚，体格胖，又穿着一件厚厚的黑棉袄，她走得又急又快，身子一扭一扭的，胳膊不停地向后拽悠着，那样子看上去就像一个慢慢向前滚动着的大皮球，很滑稽。孩子们又是嗷嗷一阵哄笑。

石头回过头，有点神秘兮兮地跟红兵说："她那个漂亮闺女快走了，她能不着急吗？"

"快走了，往哪里走？"

"那个马兰，快给人家做媳妇去了。"

红兵这才明白过来。马兰姑姑要出嫁了。红兵心里猛地忽悠了一下子，心跳便快了许多，觉得自己喘气都有点困难了。

红兵站在冰上愣了片刻，再也没有心情滑冰车了。红兵喊了一声红星，该回家了。便提起冰车，朝岸边走去。弟弟显然还没有玩够，他好像没听到红兵喊他，他盘脚坐在冰车上，拿手中的铁棍一撑，冰车便向远处滑去。

红兵一个人回到家里，看到奶奶正把洗好的衣服晾在纤条上，水珠像一串串冰糖豆似的淌下来，闪着晶亮的光。地上湿了一片,奶奶跺了跺脚,她看到红兵一个人走进门来,便问道:"红星呢,红星没回来?"

"马兰姑姑要出嫁了。"红兵说。红兵瞅着奶奶,那目光如同耙子一样,似乎想从奶奶的脸上捞着点什么。果然,奶奶脸上的皱纹便舒展开了。

"真的?哎呀,我得赶快把那块花布料给你马兰姑姑送过去。"

奶奶说着,便拐拉着小脚走进屋去。红兵把冰车扔到墙根。红兵看到两只麻雀飞过来,落在光秃秃的枣树林枝上。红兵举起胳膊,使劲儿挥了挥。那两只麻雀便叽叽喳喳地飞走了。

奶奶从屋里走出来,手里多了一块花布料。那布料是黑底儿,花是大红的,碎花。奶奶说:"红兵,过来帮奶奶个忙。"红兵走过去。奶奶让红兵攥住布料的两个角,轻轻一抖,那布料便展开了。红兵的眼睛被耀了一下。接着,红兵又闻到一股浓浓的樟脑球味儿。奶奶拿手抚摸着布料说:"你看这布料,多鲜活,这还是你爹娶你娘的时候,人家送的呢。"不知道为什么,红兵一听奶奶说这话,脸便红了。红兵有些嫌弃奶奶唠叨,就把布料使劲抖搂了一下。布料差点从奶奶手中脱开。奶奶被吓得一哆嗦,"慢着点,该死的。"

奶奶重新叠好布料,然后把布料紧紧地夹在胳肢窝里,说:"我给你马兰姑姑送去。"

"我也去。"红兵说。

"你去干什么?又不是三岁两岁的孩子。"奶奶劈头盖脸地说。红兵只好眼睁睁地瞅着奶奶走出门。

红兵坐在清冷的院子里,心里有点没着没落的。红兵咬着牙,嘟着嘴,眼睛盯着一只咯咯乱叫的老母鸡,像是跟谁赌气似的。是不是马二奶奶要让别的孩子去?红兵摇了摇头。不会的,红兵想。让红兵给马兰姑姑押车,这可是马二奶奶亲口跟他和奶奶说的,并且不只说过一次呢。红兵记得清清楚楚。

奶奶会给小孩"收魂"。谁家的孩子受了惊吓,把魂儿吓跑了,晚上睡觉哭闹,白天没有精神,就叫奶奶去"收魂"。一般"收魂",都得等到天黑孩子睡实了以后。晚上天黑,奶奶为了有个伴儿,总是带上红兵。红兵在前面打着手电筒,奶奶在后面跟着。马二奶奶的小孙子经常被吓着。奶奶便带着红兵给马二奶奶的小孙子去"收魂"。马二奶奶见到红兵,便稀罕得不得了,摸着红兵的头说:"你看这胖小子,长得多精神,等小兰子出嫁的时候,让这胖小子给她押车。"

马二奶奶的话,把红兵说得像吃了蜜糖似的,心里甜甜的。长这么大,红兵还没给别人押过车呢。去年,红兵看到石头给人家押车回来的样子,心里羡慕极了。石头穿着一身新衣服,红光满面地从车篷里钻出来,手里还大包小包地提着。红兵知道那包里是糖块和点心,便跑上前,说:"石头,给块喜糖吃吧。"石头好像没看到红兵,躲过红兵便走远了。石头的身子一颠一颠的,嘴里还哼哼着歌。

自从马二奶奶说过这话以后,红兵就一直盼着能听到马兰姑姑出嫁的消息。今天终于听到了,不过,是从石头口里听到的。听石头的口气,马二奶奶并没有让他押车的意思。要是让石头押车,他早就跟红兵说了。可石头他爸是村里的会计呀。想起这些,红兵心里就火烧火燎的。

还是先说说押车是怎么回事吧。在鲁北平原,闺女出嫁,那可是一件很隆重的事情。都得要有娘家人去送的。一般都是三驾马车。当然,那时候村子里没有汽车,也没有拖拉机。实际上,三驾马车一字排开,用新席子或苇箔扎起拱形的篷子,六匹大马披彩挂红,行走在清晨的平原大道上,星星眨眼,铃声悠扬,也是蛮气派的。第一辆马车上坐的是二三位男客,一般是村支书和新娘本家的长辈。第二辆马车上坐的是新娘和两位女客,这两位女客一般是新娘的婶子和嫂子。而最后一驾马车则是拉新娘嫁妆的。在那个时候,姑娘的嫁妆通常是八铺八盖和两个大木箱子。马车前头放一个大箱子和四床铺盖,马车后头也放一个大箱子和四床铺盖,中间放的则是些茶壶茶碗、暖瓶果盘一类的东西,条件好的还配送一台收音机或者缝纫机。而在这车上,是必须得有一个小男孩的。他坐在这些嫁妆中间,把这些嫁妆押到姑娘的婆婆家去,这就叫押车。押车,意思就是把这些嫁妆看好,不得丢失,当然,嫁妆都让绳子绑得结结实实,想掉都掉不下去。后来红兵才明白,人们让一个小男孩押车,完全是为了吉祥。当马车停在新郎家门口,人们一拥而上,解绳子的解绳子,扛东西的扛东西。这时候,小男孩的权力大了,把身子压在铺盖上不让解,或者两手抱住箱子,不让扛。怎么办?拿糖,拿点心,拿钱来,钱少了还不行。最后,糖有了，点心有了，钱也攥到手了，小男孩也就撒手不管了。并且，这个小男孩还像个小大人似的坐在上席，闹一顿好吃的不说，还不时得到那些外村人的夸奖，那脸面，风光得很。对于一个孩子来说，给新娘押车，那可是最肥的差事。

红兵当然不想错过这样的好差事。红兵坐在院子里，等着奶奶给马兰姑姑送布料回来。也许奶奶一回来，就会把好消息告诉红兵。

光秃秃的枣树枝上，麻雀飞走了一拨又一拨。纤条上晾着的衣服，也半天掉不下一滴水珠来了。太阳变得越来越鲜亮，几乎爬到了天的正中间。红兵坐不住了，站起来，走出院子。

红兵朝马二奶奶家走去，红兵的脚步迈得很急促。红兵想停下来，可他发现，他已经无法让自己的脚步停下来了。红兵看到马二奶奶家的大门是开着的，马兰姑姑穿着一件红棉袄，正把手里的高粱撒向围着她的那帮鸡鸭。鸡鸭叽叽嘎嘎地叫着，扇动着翅膀，上蹿下跳。马兰姑姑把一对大长辫子甩过来甩过去，不时拿脚踢向那些不老实的鸡鸭。

马兰姑姑看到红兵站在门口，便高兴地跑过来，她拉着红兵的手，走进屋里。

"放个屁的工夫你就跑来了，你不会在家里待一会儿。"奶奶训斥着红兵。

"咦，嫂子，你这是咋说话，孩子孩子，能关得住嘛。"马二奶奶拉着奶奶的手，两个人看上去亲热极了。

红兵靠着门框，两只眼睛紧盯着炕上摞了很高的新被子。

那肯定是陪送给马兰姑姑的新铺盖，有红的，有绿的，有花的，鲜活得很。红兵想上去抚摸一下，红兵想听到马二奶奶能再重复一遍她原来说过的话。可马二奶奶就是不说。

马兰姑姑捧着一大捧花生往红兵兜里塞。红兵把一根指头衔在嘴唇上，忸怩着身子，说不要不要。马兰姑姑说要吧要吧。马兰姑姑当然不知道红兵想要的是什么，马兰姑姑的头发扫在红兵脸上。有一股香香的味儿。

这时候，奶奶直起身子，说："该走了，该走了，回家还得做饭呢。"

马二奶奶一直攥着奶奶的手，唠唠叨叨地说着客气话。红兵支棱着耳朵，盯着马二奶奶的嘴。一直来到大门外面，红兵也没听到有关押车的事。红兵一边向前走，一边不停地回头，红兵看着马二奶奶和马兰姑姑满脸的笑容和挥动着的手，眼珠都红了。

红兵一下午都没有精神，一直待在院子里做一把木头宝剑。石头他们喊红兵去供销社门口弹琉琉球，红兵都没去。红星倒是跟着去了，可一会儿便哭哭啼啼地跑回家来，原来他的一个琉琉球被人家扔进了柴火堆，找不到了。红星说："红兵，你得给我报仇，走，咱们揍他去。"红星上来拉红兵的胳膊。红兵不耐烦地抖抖手，红兵没理他。红兵谁都不爱理。红兵拿铅笔刀使劲儿削那根木棍，脚下面已经堆了好多木屑，它们像雪花似的白得耀眼。

马二奶奶是提着灯笼过来的。当时，红兵他们正坐在炕上搓棒子。棒子就是玉米,这里的人们都这么叫。搓棒子就是把干透了的棒子搓下粒子来。屋子里生着炉子,很暖和,所以马二奶奶一进门,先把一股冷风带进来。

"可冻死我了。"

马二奶奶一边跺脚,一边吹灭手里的灯笼。奶奶已经停下手里的活,正掰着炕沿找靴子。

"他婶子,快,快上炕暖和暖和。"奶奶说。马二奶奶也不客气,把灯笼放在柜子上,一挪屁股便把腿盘到了炕上。她伸手挨个摸了红兵和红星的后脑勺,说:"你看这俩秃小子,怪喜人的。"

弟弟把脑袋像拨浪鼓似的晃了两下,他显然不喜欢马二奶奶那只冰冷干燥的手。可红兵就不一样了,自从马二奶奶一进门,红兵的心便悬起来。红兵马上意识到了什么,因此,一向不喜欢说话的红兵,这次竟然回头笑着喊了一声奶奶,把个老太太喊得嘴都咧开了花。

奶奶说:"是不是你那小孙子又吓着了?"

马二奶奶说:"嫂子,这次可不是来找你的,这次是来找人家红兵的。"

红兵一听,肚子里立刻生出一眼清泉,一种甜甜的感觉像泉水似的在身上流淌四溢。

马二奶奶接着说:"响午时把这事给忘了说。"

奶奶说:"啥事呀?你这么急慌。"

马二奶奶说:"让红兵给他马兰姑姑押车呀。"

奶奶"噢"了一声。

一旁的红星猛地梗起脖子,他瞪着眼盯了马二奶奶片刻,似乎才明白过怎么回事来。

红星说:"奶奶,你咋不让我去?"

马二奶奶没想到红星会这么说,一下子让红星问住了,不知怎样回答才好。马二奶奶让红星闷了个大红脸。

还是奶奶说:"红兵是哥哥,排也得先排你哥哥呀。"

"对,对呀,"马二奶奶笑了,"应该是哥哥先去嘛。"

听马二奶奶这口气,如果她还有一个没出嫁的姑娘的话,她现在就答应红星了。可马二奶奶只有马兰姑姑一个女儿。

弟弟把嘴巴噘出去好长,他把棒子粒儿弄得哗啦啦直响。

红兵终于如愿以偿。可在等待马兰姑姑出嫁的日子里,红兵过得并不轻松。红兵的心如同被一根绳子揪着,紧巴得要命。在课堂上,听着听着老师讲课,魂儿便不知什么时候飞走了。有两次,红兵斜着眼盯着窗外,老师走到跟前,巴掌几乎落在脑门上了,红兵还没回过神来。

这样的日子真是难熬。每天早晨起来,红兵便问奶奶:"奶奶,还有几天?"

奶奶光笑。奶奶做着手里的活,不时从老花镜后面露出眼睛来,瞅红兵一眼。奶奶撇着嘴说:"我听你马二奶奶说,人家又不让你押了,人家让刘七家的黑头押。"

一说黑头,红兵笑了。红兵知道奶奶是跟他闹着玩儿,因为黑头是个傻瓜。

这一天上午,红兵看到马二奶奶家门口停着三辆马车。九成和三得正把一根根竹片打成弯儿,绑在马车上,他们脚下是几领苇箔。红兵想肯定是马兰姑姑出嫁的日子到了。

红兵撒腿便往家里跑。

奶奶正弯着腰拨拉簸箩里的小枣,把颜色变黑的拣出来。阳光落在火红的小枣上,把眼睛都弄疼了。

"奶奶,我看见九成和三得正在给马车扎篷子呢。"

奶奶直起身,嘴巴里还在不停地动着,奶奶吃的是那些变黑的小枣。奶奶拍拍肥大的黑布褂子,她没理红兵,而是径直走进里屋。她掀开挂在墙上的月份牌,然后转过身来说:"总算是等到了,明天你就坐席去了。"

红兵一下子蹦起来。

奶奶"嘘"了一声,说:"别跟你弟弟讲,明个一大早,悄没声地走了就行了。"

奶奶打开柜子,把红兵的新衣服拿出来。

一会儿,那件咖啡色的条绒褂子和那条海军蓝裤子便被挂在纤条上,这些都是红兵过年时候才穿的衣裳,如今,它们在阳光下散发着暖色的光泽,一股樟脑丸的气息钻进鼻子里,红兵使劲地打了个喷嚏。

果然,刚吃过晌午饭,马二奶奶便颠着小脚跑来了。她进门便塞给红兵两块糖,然后双手捧起红兵的脸蛋说:"明天,咱可得起个大早了。"马二奶奶的手心冰凉,她嘴里的牙黄乎乎的,已经掉了好几颗,她一说话儿,有一股虾酱味儿便喷到红兵脸上。要是平时,红兵就早跑开了。可是今天,红兵却站在那里一动不动地傻笑着。

"嫂子,兰子她婆家远,明个起来得早,大冷的天,你可得给孩子穿上件厚棉衣,车上有褥子再搭搭,咱可别把孩子冻坏了。"

"他还能冻坏了?你看他那心盛劲儿吧。"奶奶直笑。

"对了,"马二奶奶又想起了什么事儿,说,"孩子,明天到了那边,咱可要压住被子,谁抱也不让他抱。他给你糖,你就让他抱一床;他给你点心,你就再让他抱一床。可别撒手太早。他给钱才行呢。"

马二奶奶比比画画的,像在戏台上演戏似的。

不过,马二奶奶刚走,奶奶便说:"咱可不能使那样的傻劲儿,人家给你个十块八块的,你就让人家搬。"

奶奶她们说的这些话,红兵都听不进去了。红兵只盼着天快点黑。

说句笑人的话,那天夜里,红兵失眠了。那也许是红兵一生中最早的一次失眠。红兵躺在炕上,说什么都睡不着,先是听到爷爷的呼噜声,接着又听到奶奶磨牙的声音。炉口把墙壁映得红彤彤的,红兵盯着暗红的墙,一点儿困意都没有。后来,炉子上的铝壶发出"滋滋"的声音,那声音就像一首没完没了的歌,一直在红兵耳边唱着,唱着。

随着几声零星的狗叫,一串清晰的脚步声从胡同里走过去。

奶奶发出一声深深的叹息，她从梦中醒来，接着一下子从被窝里坐起来，炉火映红了她的脊背，她那一对布袋似的乳房在阴影里晃荡了两下。奶奶看了眼黑洞洞的窗外，这才放松下来，开始不慌不忙地穿衣服。

"奶奶。"红兵躺在被窝里，轻轻地叫了一声。

奶奶一惊，回过头瞅着红兵说："醒了，你真厉害，没喊你就醒了。"

红兵想跟奶奶说他根本就没睡着，可又怕奶奶笑话他，说他没出息，便把话咽了下去。

这时候，爷爷也起来了。爷爷拉开电灯。爷爷说："嘿，这电灯真亮，刺得都睁不开眼。"那是村子里第一年用电灯，所以爷爷奶奶经常念叨这电灯多么亮多么亮，念叨得红兵耳朵眼里都长了茧。

红兵刚把新衣服穿上，新靴子还没来得及穿，外面就传来敲门声。爷爷提溜着裤腰带跑出去。不一会儿，爷爷和支书树青走进屋来。树青腋窝里夹着一把手电筒，一身中山装也穿得板板正正。他说："小子，咱今个多精神呀，你看这身衣服漂亮的。"爷爷从柜子里拿了一盒好烟，抽出一根递给树青，又给树青点上。

"你看把这个孩子高兴的，没喊他，他个人醒了。"奶奶又接着说："树青，孩子交给你，你可给我照管好。"

树青说："婶子，你尽管放心，要不让孩子吃得嘴唇放光，肚子里流油，那我树青这支书算是白干了。"

"对了,"支书树青说,"小子,咱可得压好了箱子,他不掏出五张'大团结'来,咱可不能撒手。听到了没有?"

支书树青朝红兵伸出一个巴掌,看他的样子,可不像是说着玩的。

东边的天空还没有丝毫要亮的痕迹。支书树青在前面打着手电筒,奶奶牵着红兵的手,在后面跟着。影子一会儿长一会儿短,有风吹过来,刚刚洗过的脸被扎得生疼。离马二奶奶家门口还有很远,就看到已经有很多人在忙活了。三辆马车早已一字排开,昏黄的电灯底下,人们一说话儿,便有一团白色的热气从嘴里喷出来。马二奶奶家的院子里热气腾腾,原来,马兰姑姑正吃马二奶奶给她下好的素馅饺子。马二奶奶递给马兰姑姑一双筷子,说:"吃吧,兰子,吃了到人家过日子肃静。"马兰姑姑拿起筷子,一个饺子只咬了一半,便哭了。先是一抽搭一抽搭的,后来全身也跟着抖起来。马兰姑姑身边围着一堆妇女,有的捂着嘴笑,有的张着嘴打哈欠,几个上了年纪的说:"你看这孩子,大喜的日子,哭啥?好了好了,多吃两个。"这些人都是来送马兰姑姑上车的。可这时候的马兰姑姑,早已泣不成声,别说吃饺子,就是话也说不出来了。这让红兵很不理解,结婚喜事,马兰姑姑为什么哭得这么痛心呢?

外面有男爷们儿喊:"好了好了,上车了上车了。"

屋子里挤成团儿的妇女便"嗡"一声散开了。人们让出一条道,两个穿着干净的女人扶着马兰姑姑向外走。马兰姑姑哭得更来劲了,她猛一回头,一耸身子,接着想往马二奶奶怀里扑,身边的人把她抱住了,后面的女人们紧跟着站成一堵墙,便把马兰姑姑和马二奶奶隔开了。马兰姑姑来到院子里,她的大红棉袄在灯光下特别鲜艳。透过人缝,红兵看到屋里只剩下马二奶奶一个人,她孤零零地站在那里,伸着脖子,两眼呆痴,两只手半举着,像是没处放似的。

这时候,人们都涌到街上,黑影憧憧,嘈杂声响成一片,村子里的狗也齐声叫起来,真像是给马兰姑姑送行。支书树青把红兵抱起来,推进最后面那辆马车里。奶奶扔给红兵一件棉大氅,让红兵穿上。赶这辆马车的是三得,他站在车旁,手里攥着马缰绳。这时候,前边的马车已经动了,只见三得举起马鞭,在空中划了一下,便发出一声脆响。马车忽悠向前一冲,箱子上的铺盖也跟着晃悠了一下子,接着,马脖子上的铜铃铛便发出清脆的声音。三得紧跑两步,一下子跳上车头,他挪了两下屁股,便坐稳了。

夜色依然很浓。天上的星星挤成一团,不停地眨巴着眼睛。身后的村子里,公鸡开始了第一声啼鸣。

此时,红兵紧了好几天的心终于放松下来。寒风透过苇箔钻进车里,钻进红兵的脖子里。红兵忙缩脖子,把身旁的一床褥子盖在腿上。也许是一宿没睡觉的原因,肚子里咕噜咕噜叫起来。红兵满脑子里都是热气腾腾的大鱼大肉。人家说像这样的喜宴,都得上几十个盘子的好菜,想着这些,口水便滋地从牙缝里渗出来。红兵从兜里抠出一块糖来,剥开,塞进嘴里。渐渐的,身上暖和了。马蹄声和铃铛声有节奏地响着。不知不觉,红兵竟然睡着了。

这一觉可让红兵后悔了好长时间。红兵是在一阵鞭炮声中醒来的。抬起头,红兵看到天已大亮,外面围了很多人,那些半大小子们嗷嗷地叫着,还叽里咕噜地往一块儿挤。这些人红兵一个都不认识。赶马车的三得呢,支书树青呢,红兵心里一下子毛了。更让红兵难受的是,红兵发现车头的铺盖和箱子,不知道什么时候都让人家给弄走了。这时候,正有两个人在架后面的箱子。红兵的脑瓜子"嗡"一下就大了,红兵急得差点哭了。有一个留着两撇小胡子的男人爬上车,把红兵抱起来。这个小胡子长得像个日本鬼子,吓得红兵气都不敢喘。当他抱着红兵钻出车篷,红兵看到太阳已经升到了半空。

人们都盯着红兵笑。他们的面孔都是陌生的。抱红兵的小胡子男人也咧着大嘴哈哈笑,他跟别人说:"你们看这个小亲戚,睡得可真够瓷实,还没醒过盹来呢。"

后来红兵终于看到了三得和九成他们。他们正坐在屋里人模人样地喝茶,他们一看到红兵,就不怀好意地笑了。当然,有外人在场,他们没笑出声。

那个抱红兵下车的男人从后面跟进来,说:"这个小亲戚,睡得可真够瓷实,我抱他下车的时候,他还没醒过盹来呢。"

一屋子人都哈哈地笑起来。红兵便忙低下头,觉得脸都丢尽了。那些糖、点心,还有钱,红兵一点儿也没捞到。本来打算得好好的,可现在什么都没有了。红兵心里难受极了。

那顿饭红兵都不知道是怎么吃的。他光记得在回家的路上,他们这个一句那个一句，都在挖苦他。

三得说："我回头一看，这小子竟歪着脖子还没睡醒，我还没来得及叫他，就让人家把缰绳接过去了。"

九成说："你要的糖呢，拿出来让大伙尝尝。押车的钱呢，拿出来让大伙看看。"

本来红兵心里就不好受，让他们七嘴八舌地一数叨，满肚子的委屈就憋不住了。红兵呜呜地哭起来，拿袄袖子不停地擦眼泪。后来，支书树青跳上了这辆马车，说："你们这帮王八蛋，逗弄个孩子干啥？"他把三得、九成他们骂了一顿，又回过头来跟红兵说："红兵，该得到的那些，咱一份都不能少。"说着，支书树青便把糖和点心塞进红兵怀里，然后又举着那二十块钱，说："这钱，我可不能给你，我得到家交给你奶奶，你这个小拉拉蛋，送给你个媳妇你也得丢了。"大伙都笑了，可红兵的心里却一点想笑的意思都没有。

虽然支书树青把糖和点心塞进了红兵怀里，红兵也知道该得到的东西一点都没有少，可红兵的心里，却再也高兴不起来。红兵隐隐地感觉到，这些令人向往的事情，结果并不是都那么令人高兴。红兵似乎明白了马兰姑姑为什么在这样的日子里失声痛哭。红兵坐在马车上，盯着冬日阳光下暗绿色的麦田，猛地觉得自己长大了不少。

刘玉栋，男，1971年生，山东庆云人。中国作家协会会员，山东省作家协会副主席,《山东文学》主编。20世纪90年代开始发表小说,已在《人民文学》《十月》等文学期刊发表小说三百余万字,出版有长篇小说《年日如草》,中短篇小说集《我们分到了土地》《公鸡的寓言》《火色马》等,另著有儿童小说《泥孩子》《白雾》《月亮舞台》《我的名字叫丫头》等。小说曾多次被《小说选刊》《小说月报》《新华文摘》《长篇小说选刊》《中华文学选刊》等转载,并多次入选各种选本。作品曾获中华优秀出版物奖图书奖、齐鲁文学奖、泰山文艺奖、青铜葵花儿童小说奖、冰心儿童图书奖等,并荣誉入选国家新闻出版广电总局的"大众喜爱的50种图书"、中国小说学会评选的"中国小说排行榜"。部分作品被翻译成英、法、日、韩、阿拉伯等文字,推介至海外。

去动物园漫步才是正经事

瓦 当

有一天上午,课间休息时,男孩和女孩站在教室前面的走廊里,看外面草地上正在下雨。这时,有一只猫不紧不慢地踱着步子,钻进美人蕉后面的灌木丛里去。

男孩看着那只猫对女孩说:"我们去动物园漫步怎么样?"

女孩感觉有些诧异,看了看身边的男孩:"不行啊,去动物园这样私密的事,怎么能和别人去呢?"

男孩说:"去动物园漫步才是正经事。"

"对啊,"女孩说,"正因为是正经事,所以才要一个人去啊。"

男孩想了想:"要不我们分头去,然后在动物园里邂逅。"

"这怎么叫邂逅呢？分明是有所准备。"她不干。

"当然是了，邂逅不就是两个人碰见吗？"

"无厘头！"女孩还是说，"去动物园要一个人去。"

男孩见她这么坚持，就换了一个话题："你想变成动物园里的什么动物？"

"这个问题我从没考虑过，"女孩想了一下，"一种很普通的动物吧。"

"为什么？"

"我不想被人注意。"

因为他比她大了两岁，就开始倚老卖老："很多年前，我曾经一个人在动物园里漫步过整整一个下午。"他把声音拖得很长，长得足有一下午。

女孩笑了："一个下午算什么，我还以为是多长时间呢。"

"我喜欢动物园。"

"我也喜欢。"

"去动物园漫步才是正经事。"

"去动物园这样私密的事，只能自己去。"

"好吧。"

"你想变成动物园里的什么动物？斑马吗？"女孩这样问只是为了安慰男孩失败的情绪。

男孩摇了摇头："我这么低调，怎么会变成斑马呢？"过了一会儿，他又说："斑马和鸵鸟在一个园子里。"

女孩眨眨眼："你不会是想让我变成鸵鸟吧？"

"我没想过,"男孩说,"长颈鹿不能骑。"

"为什么?"这倒是头一次听说。

男孩胸有成竹地点点头:"我观察过。长颈鹿的背是斜的,前面高,后面低,和马不一样,骑在上面会溜下来的。"

"哦,"她说,"我愿意变成水里的动物。"

"什么?鸳鸯?"

"鸳鸯是一对一对的,一个人怎么变成一对?"

"那你变成什么?"

"深海里的,"她想了想,"比目鱼。"

"只要不是象拔蚌就好。"他想起象拔蚌那副样子就感到恶心。

"大象真好,我喜欢大象。"

"那我就变大象。"

"大象?你变不了。"

"为什么?"

"你以为谁都可以变大象吗?大象很高贵的。"

"那我能变什么?"

上课铃突然响了,"不知道,"她飞快地说,"你愿意变什么就变什么吧,反正我不和你去动物园!"

这话蛮伤人的,从那以后他再也不问她去动物园的事。而她突然发现,他们连普通朋友都做不了了。他们原本是同学,天天低头不见抬头见,现在却不知为什么,相互躲着走,好像是一对刚刚分手的恋人。半夜里,她突然感到了心痛。

"他以为他是谁,居然敢约我去动物园,天哪!"她简直不敢想象,他长得一点儿也不英俊,个子还没有她高,邋遢鬼,整天穿得像一个油漆匠,学习也不好,百无一用,同学们都不爱搭理他。就是这样一个人,居然邀请自己去动物园。她回想那天他们的谈话,感觉受了侮辱。而且,她记起他还说了这样的话:

"你这么漂亮,怎么不交男朋友呢?"

"漂亮就非得交男朋友吗?他以为他是谁,凭什么要管我。"

她并不知道,此刻他也正在想:"她为什么不和我去动物园呢?这很难吗?"

在此之前,他从来没有约过别的女孩。何况是去动物园。他根本没有想到会有遭遇拒绝这件事,因此,当她拒绝他的时候,他百思不得其解,似乎她同意才是正常的。他那么黯淡,而她是同学们公认的美女。她已经拒绝了一百个求爱者,她想只要一直拒绝下去,她就会成为一个童话里才有的最骄傲的公主。

"我多么需要成为一个公主,在哪篇童话里才有?"她正处在人生里最好的时光,有权利胡思乱想。

可是,有这么一天,她一个人去了动物园。

事先并没有起意,只是早晨醒来,突然就想了。"我要去动物园",她说着就从床上爬起来。洗脸、刷牙,慢慢地吃早饭。她往面包上涂果酱时,心情便郑重起来。这是一个普普通通的星期天的早晨。

"你要去哪里?"她的妈妈从厨房里问。

"我去学校,去去就来。"撒谎的感觉真是一点不好,可是说出去的话,泼出去的水,再也难以收回。于是,她把门重重地掩在身后。

动物园很远,在城市的另一端,又坐地铁,又坐公交,去一趟要折腾上一个来小时,她差点还迷了路。半路上,她顺便逛了一家商场,做出要买衣服的样子。东挑挑西拣拣,谁知道她想干什么。她最终一件衣服也没买,是因为她觉着那样过于隆重。还是随意一点为好,还是节省一点为好。她开导自己。出了商场的门口,她突然想打消那个怪念头,立马回家,一时不知所措。随后,她掏出一枚硬币,把硬币抛向天空,嘴里默念:"丢丢铜子,丢丢铜子"……硬币落了地,可是她忘了事先制定规则,傻在了那里。最后,把硬币踢进下水道的铁篦子里,飞跑着抓住一辆巧克力颜色的公共汽车的门扶手。

早晨出门时天空很晴朗,到动物园时,天空变得湿漉漉的,雨似下又不下的,真让人郁闷。因为还没到暑期,来动物园的人不是很多。她跟在一个老头和一个小孩后边,鱼一样地游进了动物园。动物园里有非常多的树,有长得像一件绿裙子似的云松,有巨大的伞状的落雨杉,有忙着织网的茑萝,她看看那些喇叭状的红花,心里暗自赞叹:这可真是一个勤劳的姑娘。

动物园里有池塘，有小河，有假山，有各式各样的房子和笼子，里面住着各式各样的动物。她去看看斑马，斑马和她记忆中一样漂亮，几只斑马围着一个圆形的土丘跑得正欢。上次来动物园，还是上小学的时候。十年过去了，斑马居然还没变。斑马的邻居是几只年轻的鸵鸟，它们有的在练习飞行，有的在学孔雀开屏。可看那样子，谁也不算成功。

她循着导游图找到了长颈鹿，发现长颈鹿的背果然是斜的，自己以前怎么没注意呢。长颈鹿昂着脖子，轻快地踱步，每一步都有两米远。长颈鹿走到她近前，很有礼貌地低了低头。她被吓了一跳，向后退了一步。"凭什么他说什么我就看什么？"她这么一想，脸就红了，对长颈鹿也充满了怨恨。

她索性什么也不看，就在园子里瞎转。前面有一个牌子，画着箭头，写着：象馆向前。大象本来是她最喜欢的动物，这次却故意掉头就走。一只水獭从旁边的小溪里钻出来，探探头，好奇地看看她，然后又潜入水里。难保它不会通风报信，她这样想，就往另一旁空旷的广场上走去。那里有一家小小的便利店，遮阳伞下坐几个喝汽水、吃方便面的人。她向他们中间望了望，没有发现那个人。这才小心翼翼地走过去，要了一杯柠檬茶。喝着柠檬茶，心情渐渐趋于平静。便利店里反复在放一首又奇怪又好听的歌，她仔细听听，失声叫了起来，如果自己没有猜错，这首歌应该就叫"在动物园漫步才是正经事"。

广场对面是水禽区，远远就能听见那边热闹非凡。一些高大的鹳鸟在湖心岛上散步，摆出一副清高的架子。几只肥大笨拙的白毛的家伙不时从水面上掠起,她几乎认不出那就是天鹅。岸边的栏杆旁站着一群小孩,他们在向水里的动物喂食,不时欢呼雀跃。他们的动作引起了她的好奇,她想看看那些低于视线的水鸟是什么。正好柠檬茶也喝完了,她赶在那首歌重新唱起前站起来,顺手把空杯子塞进路边的垃圾桶。

走近了,她才发现湖心岛上除了鹳鸟,还有鹭鸶、鸬鹚和其他一些半高的水鸟。孩子们手里的食物正好也喂完了,手挽着手往一边去了,给她腾出一条长长的栏杆。湖里游着很多的水鸟,不但有白天鹅,还有黑天鹅。最多的是野鸭,光野鸭就有很多种,她就分不那么细了。她下意识地看看里面似乎没有鸳鸯,即使有,她也不一定能认出来,因为鸟实在是太多了。刚开始她还想数一数总共有多少只水鸟,数了一会儿就乱了,便不再数,只是看。一只不知名的水鸟用翅膀拍打着水面,溅起的水珠竟然五颜六色,她不禁有些惊奇,这才发现不知什么时候,天变晴了,夕阳的光静静地洒在水面上,一天即将宣告结束。她感到了美,又感到一缕莫可名状的失望。最后,她抬起支在石头栏杆上已有些麻木的胳膊,向滑翔中的天鹅挥了挥手。"我要回去了",她说。

就在这时,广场那边忽然传来什么响动。转过身去看,一群人正从远处绿荫遮盖的小路上跑出来,大呼小叫的,广场上坐着喝茶的人们也站了起来,他们向那群人跑来的方向张望,随即扔了手里的可乐和饭盒,惊慌失措地跟着那群人跑了起来。店里的伙计也跑了出来,追在他们屁股后面要钱。跑到女孩站的地方不远,有的人多了个心眼,甩开大部队,沿着环湖路跑。她看见了入园时遇见的那个老头和小孩,老头边跑边喊:"救命啊,救命啊!要出大事了!"

只有她,由于被树林遮挡,看不清那些人身后究竟发生了什么事。她无所事事地往前走了几步,就呆在了那里。一阵风卷着树叶从林荫道深处涌了出来,她的眼睛险些被迷住。这风好奇怪啊,她理了理乱了的头发,想不出个究竟。更奇怪的事情还在后面,仿佛被什么东西招引,那些水里游弋的鸟儿顷刻间全都上了岸,它们尾随着那些高大的鹳鸟,迅速消失在湖心岛上的密林中。那些黑的、白的天鹅,莫非一眨眼的工夫就飞到南方过冬了?明明夏天刚来到。

她听见身后有脚步,震得大地在动,有沉重的喘息,粗鲁中带着腼腆。她猛地回过身去,与那物四目相对。那是什么?一只世上少有的怪兽:它披着狮子般的长发,身材有长颈鹿那般伟岸,它的背像象背那么宽阔,平整的,可以骑。它摇摇摆摆走到她面前,缓缓地俯下身来,像一只京巴趴在她脚边,温顺地摇着尾巴,柔情似水地看着她。

她几乎就被它吸引,但立刻就变了模样。

"我认识你,少跟我来这一套!"她恶狠狠地说,一种莫名的羞耻和委屈攫住了她的心。说完,她就甩开步子往前走。

那兽就在她身后跟着,嘴里发出可怜的"噜噜"的叫声。她头也不回。沿着铺有鹅卵石的小路,直走到了湖心岛的对面。这里的水面更加开阔,几乎要用上"浩淼"才能形容。那些高高低低的水鸟,全都站在湖心岛上,站在霞光里向这边望,没有一个敢发出声音。她回过头去,那家伙还跟着。

她站住,看看湖心岛上的水鸟,又看看它:"你有完没完?丢人现眼!"

它也停下来,可怜巴巴地望着她,神情还带着些羞涩和无奈:"噜噜,噜噜!"

"我警告你,不要再跟着我!"她板起面孔,"不然的话,"她看了看幽深的湖水,"不然的话,我就从这里跳下去!"

她的话把它吓了一大跳,它竖起毛茸茸的棕色花纹的脖子,使劲摇了摇头:"噜噜,噜……"

"喳喳!"这时,头顶上有只山喜鹊顽皮地笑出声来,它已经跟踪他们很久了。

她的脸马上红了:"滚!"她狠狠地盯着它说:"你根本就不了解我!"说着,她弯腰拾起一块石头砸它,石头落在他额头上,砸起一个血红的大包。她又捡起一块扔过去,这一块落在它的背上,它弓下腰,正好把石头接住。然后,它身子一抖,那块石头就从背上滚了下来,像一个熟透了的苹果。

"我靠!"她学那些坏女孩骂。

它贼心不死地还跟着,她的头都要炸了,太阳已经快落下去了,真让人心焦。她再不管三七二十一,抬腿迈到了湖边的一块石头上:"你别过来,再过来我就真跳下去!"

它果然站住了,摇着一头艺术家的长发,眼神悲哀地乞怜:"噜噜噜(不要跳),噜噜噜噜(千万别跳)!"

"我为什么听你的,再没有人像你这么让我难受。"她的眼泪突然流了出来,她刚刚十七岁,心中却充满了一个老太婆对跟自己生活了一辈子的男人才有的怨怼。她说完这话就跳了下去。

奇怪的事又发生了:她刚接触到水面,身体就缩了起来,变成了一只比目鱼。比目鱼,丑陋的鱼,两只豌豆大小凸起的眼睛挤在一块,谁也看不上,只能生活在水底。然而,还没等她高兴,湖心里就砰地起了巨浪,威力赶得上一发难以描述的炸弹。波涛把她颠出了水面,颠到和岸边的树尖一样高,湖心岛上的鸟们都叫了起来。一张弹簧床大小的嘴巴接住了她,她的身体太滑,从它的牙缝脱落了下去。但它很快又把她叼了起来,它不敢用力,因为稍一用力就能把她咬个稀巴烂。即使这样,她还是疼得流出眼泪来,尽管在水里看不出来。

"你看我有多帅。我在人里是丑的,可我变成野兽,哈哈,你看我有多帅!噜噜!"

"这下好了,你知道我为什么不和你去动物园了,我就知道来了一定会出事。"她终于哭了出来!

它叼着她一口气在湖里游了好几个来回,岸边附近笼子里的野猪、鬣狗都兴奋地嚎叫起来。

那些跑散了的游人又回来了,战战兢兢地扶着栏杆观望,小心翼翼地拍照。闪光灯令她羞涩万分,对它的怨恨与秒俱增。

"你他妈的要的就是这个效果!你这个流氓、无赖、不要脸的混账!"她用了平生最恶毒的语言咒骂它。

岸上的人越聚越多,有两个人抬着一具大网,从斑马那边的土丘上跌跌撞撞地跑过来,边跑边喊叫着给自己壮胆:"闪开,闪开!别让它跑了!"那是公园的管理员。他们推开人群,来到湖边,笨拙地张网,其中一个险些把自己也扔下去。银色的大网形成一个巨大的圆形宫殿的屋顶,带着风声,朝他们罩了下来。

他们相互交换了一下目光,在这最后一刻达到了无言的默契。于是,它含着她,深深地闭了一口气,向着深不可测的湖心沉去。不是像一只怪兽和一只比目鱼那样沉下去,也不是像巨石、水泥或钢铁雕塑那样沉下去,而是世界上所有的重量全部沉下去,这一沉能把地球戳个大窟窿!

这个故事告诫人们:不要轻易去动物园漫步。

瓦当,诗人、作家。著有长篇小说《到世界上去》《在人世的悲伤》《漫漫无声》,中短篇小说集《多情犯》《北京果脯》,诗集《古代的海》,传记《慈悲旅人:李叔同传》等作品多部。

暗夜行路

李云雷

1

上初中的时候,我没有住校,每天早上我骑自行车到学校去,到晚上再从学校骑车回家。那时候从我家到县城,有七八里路,我们学校在县城的最西边,到学校就更远一点。每天早上,我6点半左右起床,匆匆忙忙吃过早饭,就从家里出发,从村里的大路向北,走到一条破旧的柏油路上,再从这条柏油路一直向西,穿过两个村庄,就到了我们县城边上。在这里,有两条路可以走,一条是继续向西,一直走到百货大楼,那里是我们县城的中心,从那里向南,走到一座小桥,再向西走,就到我们学校了。这条路上人很多,也很嘈杂,我不喜欢走这条路,我喜欢走的是另一条路,从县城东边那条路向南,一直走到河边,再从那里向西走,这一条路紧靠着南边的小河,人很少,很安静。那时路的两边种植着高大的白杨树，浓密的枝条在空中相连，形成一条绿色走廊，白杨树的叶子又大又亮，风一吹，哗啦啦响，我总是能够看到阳光透过枝叶的缝隙，在空中闪耀。在这条路上，我要路过一个兽医站，路过一个文化站，路过一个电影院，在北街的路口，还要穿过熙熙攘攘的人群，以及卖水果、卖肉和卖烧饼的小摊。过了电影院，再向西，还要路过卖羊肉包子的马家铺，路过一个烈士陵园，路过一个图书馆，再向前走，我们学校的大门就在眼前了。

在学校里，我们上午是四节课，下午是三节课，晚自习也是三节课。下了晚自习，到自行车棚里推上自行车，骑上车往家走。回来的时候，我仍然走河边这条路，晚上的时候，这条路上就更加寂静了，几乎没有什么人，我一路骑得飞快，到了路的尽头再向北走，从那里走到那条破旧的柏油路，再一直向东骑，就骑到我们村里了。

那时候出了我们县城，过了那座小桥之后，道路的两边就没有路灯了，路上一片漆黑。一个人骑在路上，总是有点害怕，不停地在心中打鼓。路两边的大树黑黢黢地站在那里，树丛后面是无边无际的庄稼，风吹过原野，带来各种声音与响动，树叶的哗哗声、庄稼的拔节声、虫子的鸣叫声以及偶尔划过夜空扑棱棱飞去的禽鸟，都让人感到触目惊心。这时候骑车走在路上，以前听过的各种鬼故事，都一一复活了，我听我们村里人讲过，一个人在夜里走路，看到前面有一个大姑娘，黑辫子在背后甩来甩去，他赶上去拍了一下她的肩膀，那个姑娘转过脸来，转过来的头上却没有面孔，而是后脑勺和一条长辫子。我还听他们讲过，有的鬼就跟在你后面不出声，这时你不能向后看，你一转身，就可以看到鬼的脸，又细又长像一道锋刃，那时你就倒霉了。这些故事当时听了，吓得我哇哇直叫，晚上不敢一个人去上厕所，现在骑在车上，黑暗中的各种物体看上去都鬼影幢幢，令人胆战心惊。我只有将车子蹬得飞快，像疾风一样飞驰，才能缓解心中的恐惧，才能尽快骑到家里。

可是往往事与愿违，车子骑得飞快，路又坑坑洼洼的，有时骑着骑着，只听嘎噔一声，车链子掉了。这是最令人害怕的事情了，但是我也只能忍住惊惧，翻身下车，将车子闸起来，蹲在车子后轮那里，摸着黑抖抖索索地安链子，又紧张，又害怕，往往不能顺利安上，这时吹来一阵风，也会让人浑身起鸡皮疙瘩。好不容易安上了，手上也粘了黑乎乎的一层油，可是骑上车，走不了多久，车链子又掉了，只能下车再安。甚至还有更糟糕的情况，车链子不是掉了，而是断了，链子上的一个扣环"啪嗒"一响，我就知道坏了，那就根本安不上，车子也不能骑了，这时候我只能推着车子往家里走。速度一慢下来，周围各种声音听得更加真切，脑子里的鬼影也更加活跃，我只能强迫自己镇定下来，努力去想一些别的，压抑心中的恐惧。这时候我常常想起的，是我们在课本里学到的那些英雄和伟人，我一边推着自行车向前走，一边在脑子里念叨着岳飞、文天祥、戚继光、马克思、恩格斯、列宁、斯大林、孙中山、鲁迅、毛泽东，我念着他们的名字，想着他们的面容，想着他们在历史上的丰功伟绩，心中的恐惧慢慢减少了，自己似乎也变得勇敢了，四周黑魆魆的树林和庄稼也不那么可怕了，我深一脚浅一脚地走着，直到走到我们村的路口，看到谁家亮起的灯光，才长长地舒一口气，加快脚步往家里走，家里我爹娘还点着灯，在等着我呢。后来我慢慢地有了经验，每当我在暗夜里感到恐惧时，我就会想想岳飞，想想马克思，想想毛泽东，想起他们，我的心就慢慢安稳下来了。

在暗夜里行路，也不是只有恐惧，有时候也会让人感到愉悦。我最喜欢的是有月亮的晚上，我每天骑车过了县城边上的小桥，便抬头看天上的月亮，月亮每一天都在变化，我看到月亮从一弯浅眉，慢慢变成了上弦月、凸月、满月，再从满月到凹月、下弦月，最后又是一弯新月，周而复始。满月的清辉洒遍大地，骑车走在路上，周围的一切都看得很清晰，那条颠簸的柏油路在月光下伸向远处，看上去闪着灰茫茫的光亮，那些树丛和庄稼也不让人害怕了，虫儿们的鸣叫也变得温暖和谐，像是在奏着一曲缓慢的乐章，我在路上慢慢骑行着，四周一片静谧，内心也感到欢欣平静。我记得在这条路上，我看到过最圆的月亮，那一天晚上我刚骑过小桥，抬头向天上一望，不禁惊呆了，在左侧树梢上的上方是一个又大又圆的月亮，那月亮像是有人用圆规在天上画出来的那么圆，又散发出淡黄色的光辉，月亮上的亭台楼阁似乎也能看得清清楚楚，在月亮的外围，是一圈明晃晃的月晕，环抱着月亮，像环抱着一个婴儿，我盯着这轮最美的月亮，内心充溢着惊喜，不住地盯着它看，一路盯着它,一路骑到家。

有时回家的路上,也会遇到下雨。那时我没有雨衣,也没有雨伞,下雨的时候我就冒雨在路上骑行。有时是小雨,丝丝缕缕地滴在身上,让人感到很凉爽。遇上暴风雨的时候,我也只能低下头猛蹬着车子,奋力向前赶路,那时狂风怒吼着,雨点啪啪啪砸在身上,路边的树拼命地摇摆着,树叶发出哗啦啦的声音,树干也发出吱吱扭扭的声音,像是很快就要折断了。突然一道闪电划过,我能清楚地看到闪电在天空中的线条,白亮地倏忽一闪,就消失了,紧接着传来的是一阵雷声,咔嚓——好像就响在耳边,雨下得更大了,瓢泼一样从天上倒下来,我在暴雨中浑身都淋得湿透了,但这时我却并不害怕,一边蹬着车子,一边往天上看,想把闪电看得更清楚一点,突然又是一闪,我看到了闪电的枝杈和毛细血管一样的小分叉,闪过之后又是黑暗,又是暴雨,但我却更加勇敢,更加兴奋了,我想起了高尔基的《海燕》,一边在暴雨中猛蹬,一边大声呼喊:"让暴风雨来得更猛烈吧!"

2

我一个人在路上骑行了大约有一年。有一天,我们邻村的一个远房亲戚突然找到我家,说他们院里有一个女孩跟我上同一个中学,下了晚自习,她一个人骑车路上很害怕,家里人又没空天天去接她，问我能不能跟她一起走，跟她做个伴。我觉得这也没什么，就答应下来。在那之后，每天下了晚自习，我就到学校的自行车棚，跟这个叫小霞的女孩会合，再从那里骑车走出校门，沿着河边那条路一直向东走，走到尽头向北拐，到小桥那里再向东。出了县城，在黑暗中沿着那条破旧的柏油路，骑五里路就到了她们村，再向东两里路，就到了我们村。最初的时候，到她村口后，我还跟她一起进村，一直走到她家门口，看她开门进去了，我才又折回去，重新回到那条马路上。后来她跟我说，不用把她送到家，到村口她就不害怕了，一个人敢走了，我听她这么说，就不送她了，每次到她村口，我就停下来，一只脚点地，看她一个人向南骑去，直到她的身影消失不见了，我才骑车继续向东走。

最开始跟她一起走的时候，我感觉很不习惯，我一个人独来独往，很自由，想什么时候走就什么时候走，想骑多快就骑多快，多了一个人，总是会受到一些限制。再说她还是一个女孩，交往起来总感觉有些别扭。那时候在我们学校里，男生和女生很少说话，很少在一起玩，都是男生和男生玩，女生和女生玩，如果一个男生跟女生说了话，很长时间都会受到别人的嘲笑，让人觉得很没面子，很不好意思。那时候我也是这样，一跟女孩说话就脸红，就会不知所措，不知道把手往哪里放。在跟小霞一起骑车往回走的时候，我们基本上也没有说过话，只是专心致志地骑车，有时我骑在前面，她跟在后面，有时我们两个并排着骑，但中间会隔着很宽的空隙，就这样在黑暗中默默地蹬着车子，一直骑到她村口。我停下来，她说一声"走了啊"，就转向了南边的路，我冲她挥挥手，一直看着她的身影消失。

那时我对小霞并不了解，后来才慢慢听说了她的一些事情，原来她并不是在我们这里长大的，她的父亲是我们这里的人，年轻时闯关东，在东北成了家，生了孩子，等年纪大了，他不想再在那里待着，就带着老婆孩子从东北回到了老家。小霞是跟他父母一起回来的，她转学插班，就插到了我们这个年级，在另一个班。我听说小霞在她们班上很活跃，唱歌，出墙报，打扫卫生，都很积极主动，课间休息时，我也能看到她活泼的身影，一会儿和女生打闹，一会儿和男生打斗，她笑起来很爽朗，喊叫的声音也很大，和我们这边的孩子很不同。但是下了晚自习，我们两个一起向回走的时候，她却和我一样沉默着。我想在黑暗中她心里还是害怕，再说我们两个也不熟悉，我的沉默或许也太严肃了。

但是这种局面很快就被打破了，那天我们两个骑车走在那条破柏油路上，我在前面，她在后面，走着走着，突然我听到后面传来一个声音，"等等我！"我回头一看，已将她落下了很远，我忙骑车转回来，问她："怎么啦？"她说："我的车子好像掉链子了。"我放下车子，来到她的自行车旁，清亮的月光下，她正蹲在自行车旁，已经弄了一手黑油，我说："让我来。"她闪在一边，我摸清了链条与齿轮，一手挑起链条，扣上齿轮上的一个齿，另一只手转着车镫，轻轻向前一转，齿轮和链条就扣合在一起了。我说："好了，走吧！"说着向自己的车子走去,见她还站着不动,我又问:"怎么啦?"她愣愣地看着自己的右手,说:"都是油!"我说:"这儿没法洗手,你去路边拽一把草擦擦,到家再洗吧。"她看了看我,似乎有点不好意思地说:"我不敢去。"我放下车子,走到路边薅了一把草,拿回来递给她,她擦了擦手,这才又骑上了车子。这次怕她的链子再掉,我们并排骑着,我在南边,她在北边,中间的空隙仍然很大,我们默默地向前骑着。又过了一会儿,她突然说:"你这个人其实挺不错的",顿了一顿,又说,"就是太闷了。平常里你也不说话吗?"

"说什么呀?"

"就是聊天,想说什么就说什么呗。"

"我不知道说什么。"

"说说家里的事呀、学校里的事呀、朋友的事呀,多好玩呀!"

"我不会说。"

"看你这个人,连聊天也不会",她爽朗地笑了起来,"那我给你唱首歌吧!"说着她就轻声唱了起来,那是一首苏联歌曲《小路》:

> 一条小路曲曲弯弯细又长
> 一直通往迷雾的远方
> 我要沿着这条细长的小路
> 跟着我的爱人上战场
> 纷纷雪花掩盖了他的足迹

没有脚步也没有歌声

在那一片宽广银色的原野上

只有一条小路孤零零……

我骑着车子向前走,静静地听着她唱歌,她的歌声清亮,悠扬,和着清风,和着虫鸣,飘荡在黑暗的田野上,听起来是那么优美动人,这还是我第一次听到这么好听的歌,她的歌声似乎为我打开了一个新世界,将我的思绪引向了无限寥远的远方。

从此之后,我们两个骑车走出县城之后,在黑暗的道路上,她就开始唱歌。她唱的大多是苏联歌曲,《莫斯科郊外的晚上》《喀秋莎》《三套车》《山楂树》《红莓花儿开》等等,她唱起来是那么熟悉,那么兴奋,她还跟我讲,她在东北的时候见到过苏联人,那时都叫他们"老毛子",那些男人都很高大健壮,留一撇小胡子,就跟画上的斯大林一样。那时候我们的小城很闭塞,我们都没有见过外国人,不要说外国人,就是外省人、外县人,在我们的生活中也很难见到。她是我所遇到的第一个见过外国人的中国人,我看着她,觉得她又神秘,又辽远,在她的背后,好像隐藏着一个深不可测的世界。

有时她唱完了歌,就问我:"好听吗?"

我说:"真好听!"

"还想再听吗?"

"再唱一首吧。"

于是她就又唱了起来,在那银色的月光下,她认真唱歌的样子很美,很动人。我想在电视上唱歌的那些演员,都没有她好看。

有一次,她唱完了一首歌,突然转过头来对我说:"这样不对呀?"

我说:"怎么了?"

"总是我唱歌,你听,我还没听过你唱歌呢,你也唱一首吧。"

"可……我不会唱呀。"

"哪儿有不会的,随便唱什么都行。"

"我真不会唱。"

"这不公平,你要不唱,我也不唱了。"

我搔着自己的后脑勺,不知该怎么办才好,我从小就五音不全,我们学校里也不重视音乐教育,也没有学习过唱歌,我左思右想,真想不出会唱什么歌。

她偏过脑袋,像是考验我,又强调了一遍:"你要不唱,我以后就再也不唱了!"

"真的?"

"真的。"

"那你不许笑话我。"

"我不笑话你。"

我转过脸去,不再看她,盯着向远方延伸的灰茫茫的道路,硬着头皮,唱起了那首我们小时候都学过的歌:

> 我们是共产主义接班人

继承革命先辈的光荣传统

爱祖国，爱人民

鲜艳的红领巾飘扬在前胸……

我还没有唱完，她终于忍不住放声大笑起来。我说："你不是说不笑话我吗？"她又笑了一阵才停下，说："这是小孩唱的儿歌呀，你都这么大了，还唱这个……"

"我说我不会唱，你非让我唱，唱了你又笑话我……"

"你真的不会唱别的歌了？"

"我还会唱这个：准备好了吗？时刻准备着，我们都是……"

这次她笑的声音更大了，整张脸伏在车把上，车子在马路上到处乱晃，好一阵才恢复了直线，她好不容易喘匀了气，将车子靠近我，摸了一下我的头发，说："你这个可怜的家伙……"

"那你以后还唱歌吗？"

"唱，以后我教给你唱。"

3

那一段时间，我跟小霞学会了几首歌，她不仅会唱苏联歌曲，还会唱很多流行歌曲，每天晚上下了晚自习，我们向回走的时候，都是边走边唱，也不再觉得道路漫长了。

不过那时候，我跟她放学后一起走，很快引起了同学的注意，也受到了他们的嘲笑。最初我们两个是在学校的自行车棚会合，后来有时她班下课早，她就到我们班门口来等我，再一起去自行车棚。或者我临时有事，晚上不能一起走了，我也会到她教室门口，跟她说一声。班上的同学见我跟她关系好，一见她在我们班门口出现，就对我挤眉弄眼的，还有人冲着我大喊："你媳妇来了！"班上一阵哄堂大笑，我又羞又急，脸腾地一下就红了。还有关系好的同学把我拉到僻静处，亲昵地问："老实交代，你跟她是什么关系？"还有的问："你跟她亲过嘴没有？"我急赤白脸地说没有，可他们就是不信，一见到她就跟我开玩笑。

到最后，我们班主任靳老师也知道了这件事，他把我叫到办公室，笑眯眯地问我："听说你跟二班的小霞经常来往，是怎么回事呀？"

我紧张地说："小霞是我一个亲戚家院里的，下了晚自习，她一个人走夜路害怕，我正好路过他们村，就跟她一起走。"

"你们没谈恋爱吧？"

"啥是谈恋爱？"

"就是搞对象……"

"不是大人才能搞对象吗？"

"嗯，行了，你先回去吧，下次注意点。"

"注意什么？……"

"不注意什么，哦，对了，以后再有人问你和小霞，你就说是你亲戚家的孩子，就没人说你了。"

"嗯，好的。"

从班主任那里出来，我满头都是汗，那些同学再拿我跟小霞开玩笑，我就跟他们说我家跟她家是亲戚，果然开玩笑的就少了很多。

现在想起来，我和小霞在黑暗中骑车，我也对她萌生了朦胧的好感，她漂亮的眼睛、爽朗的性格和美妙的歌声，对我很有吸引力，似乎唤起了我心底蠢蠢欲动的情绪，但我那时候什么也不懂，虽然很愿意跟她在一起走，但又时常感到惊惶。老师和同学的关注让我更加紧张，我拼命压制着内心的躁动，在小霞面前也故意表现得很冷淡，跟她在一起骑行，说的话也越来越少，甚至不愿跟她一起向自行车棚那里走，怕同学看见了会笑话。但小霞表现得比我要大方，她并不在意那些人的玩笑，该来找我时就来找我，该一起走就一起走，我想这主要是她并不像我一样心虚，也可能是她在东北长大，要比我们更开朗一些。但是她的活泼遇到我的沉默，也渐渐降了温，我们在一起骑车走，话说得越来越少，她也很少唱歌了，在路上只是匆匆骑行，到了她村的路口，就直接拐弯，回家了。

在那之后，没有多久，我们那里发生了一个案件，对我们造成了很大的影响。那一天早上，我快要迟到了，骑自行车抄近路从河边走，在那里穿过一片小树林，再绕过一段河堤，就可以直接走到县城那条河边的路。那片小树林很僻静，我们县里不少谈恋爱的人会到那里去。那天我刚走到小树林附近，赫然看到两个警察拦在前面，他们后面还拉起了警戒线。警察拦住我:"做什么的?"

"去上学。"

警察审视了我一下,大约看我确实像个学生,便朝我挥挥手,"这条路被封了,你去走别的路吧。"

"出什么事了?"

"杀了人啦!"

我一听赶紧调转车头,从另一个路口上了马路,一路向学校狂奔。后来我才听说,在河边那个小树林,确实出了一宗人命案,死者是一个青年女子。那一段时间,在我们附近几个村庄都在流传这个案子,人们议论纷纷,各种说法都有,有的说她是自杀的,有的说是被强奸害命的,有的说是被男朋友报复杀害的,还有的具体描述死者的种种惨状,等等。多年之后,这个案子在我们那里还有回响,不过在这里,我想说的只是,自从发生了这个案子之后,晚上我和小霞一起走夜路,再也不像以前那么轻松愉快了,但也似乎更加亲密了。

那片河边的小树林,就在那条破柏油路的南边,我们从县城出来,走三四里地,在路的不远处就可以看到河堤,河堤下去就是那片小树林。白天还没有什么,一到晚上,我们骑车在路上走,关于女鬼的种种恐怖传说,那些凄厉的尖叫、飘舞的白绫和吐出的红舌头,在黑暗中仿佛就在我们身边,让我们胆战心惊。

那一段时间,小霞骑车骑到她村的村口,也不敢一个人走剩下的路了,让我陪她走进村,一直走到她家门口,才匆匆忙忙走进去。有一次她在进门前问我:"你回去一个人害怕不害怕?你要害怕,我让我爸送送你。"

我说:"没事,我猛蹬一阵就到了。"

又有一次,她在路上问我:"你走夜路不害怕吗?"

"刚开始走的时候也害怕,后来才不害怕了。"

"那怎么才能不害怕呢?"

我想起以前被她笑话的事情,不好意思跟她说,我害怕时会不断地想起那些英雄与伟人,召唤他们的英灵,在他们的激励下勇敢前进,我只是说:"当你害怕时,你就想想你心中最厉害的人,就不害怕了。"

"那你想的是谁?"

"保密!"

"不准保密。"

"那你猜?"

"我……猜不出来,你说说吧?"

我无论如何也不说,她一生气,转过脸去不理我了。

"如果我说是岳飞,你不会笑话我吧?"

"不会。"

"马克思呢?"

"也不会。"

"列宁呢?"

"也不会。"

"毛泽东呢?"

"更不会。"

"那……就是这些了。"

"还有呢?"

"还有鲁迅。"

"还有呢?"

"没有了……"

"哦,你怎么想象他们呢?"

我跟她讲我害怕时如何念这些人的名字,如何在脑海中浮现他们的形象,我骑着车子在夜色中飞驰,那些人的形象冲出了我的脑海,浮现在我眼前的道路上,浮现在高高的树梢上,浮现在辽阔的天空中,浮现在圆圆的月亮上,他们好像在微笑着说:"孩子,不用怕。"他们好像在向我招手,鼓励我勇敢前进。这一次,她没有笑话我,很认真地偏转过脑袋,静静地听着,等我讲完了,她也没有说话。我们默默地向前骑着,我不知道她在想什么,问她怎么不说话了,她说,她也要想一想,在最害怕的时候应该想起谁。其实在我心中,还有一个人的名字,但我始终没有说出口,我不知道她想的是否跟我一样。

4

最终我也没有等到小霞的答案,过了没有几天,在一个下雪的晚上,我们一起骑车往家里走,那天晚上天虽然黑,但路上的雪很白，路上很滑，我们都骑得小心翼翼。等出了县城，小霞突然对我说，明天下了晚自习，让我不用再等她了，我说好，在那之前，我们也有类似的情况，谁家里有事跟老师请假，不能去学校了，也会提前跟对方说一声。可是小霞又说，后天也不用等她了，以后都不用等她了，我说，怎么了，家里有什么事吗？她说，没事。我又问她，是她村里有伴一起走了吗？她也说，没有。我很奇怪，说那怎么不一起走了，你不害怕走夜路了？她没有说话，我转过脸去看，只见她正默默地流着泪，我也不再问她，两个人慢慢地向前骑。这时候我突然心里感到一阵恐慌，过去的大半年，我们天天晚上一起走，也没觉得有什么，但想到明天、后天和从此以后，我都见不到她了，只能一个人走了，我心里不禁有点酸楚，有点难过，有点不舍，但她似乎也不想再说什么，我们两个默默地向前走着。

等到了她村的路口，她停下车，从书包里拿出一样东西，递给我，然后冲我挥挥手，一个人向南骑去了，在雪色的映衬下，我看到她红色的羊毛围巾在风中飘扬着，越走越远，最后消失不见了。借着夜里的雪光，我看清了我手中拿的是一盒磁带，那是一盒《小路——苏联歌曲精选》，在这一刻，我仿佛又听到了她的歌声在雪野上飘荡，那么美丽，那么悠扬，似乎永远也不会消逝。那一晚，我在雪地上站了很久，我仿佛听到了时间断裂的声音，啪嗒一下，只是很轻的一声，但似乎一切都变了。直到多年之后，我才明白那是我人生中最重要的时刻之一，那也是世界历史上最重要的时刻之一，就在那一天，苏联解体了。

  一条小路曲曲弯弯细又长

  一直通往迷雾的远方……

  从那天之后,我在学校里再也没有见过小霞。她去哪里了?我不好意思向别人打听,只能在心里一遍遍问自己,尤其是下了晚自习之后,一个人在黑暗中骑着自行车飞驰,她的面容总是浮现在我眼前,让我心中充满了甜蜜和酸涩。我不知道她去了哪里,我想她可能是转学了,可能是回东北了,也有可能是嫁人了。那时候我们那个小县城还很落后,一般家长很少重视教育,尤其是女孩子的教育,觉得她们早晚要嫁人,读不读书并不要紧,早结婚也就早安定下来了。我们班就有一个女同学,初一还在跟我们一起上课,初二刚开学不久,她的家长就来把她带走了,把她的课桌板凳也都拉走了,后来我们才听说,她是回家去结婚了。她就嫁在我们县城南边的一个村庄,有时我骑车路过那里,还能够看到她站在树底下跟人说话,她的衣裳服饰已经不像女孩,而像一个年轻的小媳妇了,又过了一年,就可以看到她抱着一个孩子,在墙角树荫下玩耍。我不知道她是否过得幸福,我跟她也不熟识,每次见到她站在那里,我就加快速度飞驰而过,我从来没有跟她说过话,也不知道该说什么好。我不知道小霞是否也像她一样,早早就结婚了,还是转到别的学校去了?我记得有一个周末的下午,我路过她村的路口,骑着车走进了村,按以前的印象找到了她家,但是她家的大门紧闭,什么也看不见,只有长在门楼上的几株狗尾巴草,在微风中轻轻摇摆着。

那一段时间，我开始锻炼身体，锻炼自己的意志力，我锻炼的方法很简单，那就是不再骑着自行车上下学了，而是跑步，每天早上，我从家里跑步到学校，下了晚自习，再从学校跑步回家，一趟来回大约十公里，每次跑完，都是一身汗，哗啦啦往下淌。早上跑步，我走的是近路，就是沿着河边那条路一直向西走，穿过那片小树林，绕过河堤，进了县城继续沿着河边的路跑，一直跑到学校。清晨，在熹微阳光的照耀下，那件曾给我们带来心理阴影的杀人案，并不能再让我害怕，但是到了晚上，一想起那个死去的青年女子，我的内心仍充满恐惧，所以回来时我不再走近路，而是沿着我们平常骑车走的那条路，出了县城，从那条破旧的柏油路上一直向东跑。尽管如此，每当我远远看到那片小树林，仍然禁不住浑身颤抖，在黑暗的夜色中，村里人讲的那些细节如此清晰，仿佛就在我眼前，这个时候我集中全部的注意力，强迫自己什么也不要想，只是盯着眼前那条灰茫茫的道路，跑，跑，一直向前跑！我在心里对自己说，你必须克服恐惧，必须锻炼意志，必须沿着这条路跑！在向前奔跑的时候，我的脑海中仍会浮现出那些英雄和伟人的面容，也会浮现出小霞的面孔，我看到她在对我微笑，在为我唱着歌，我向她狂奔而去，仿佛我一直跑着，就能够追上她，就能够再回到从前。

很多年之后，在英国小城彻斯特，我猝不及防地遇到了小霞。那一年，我跟随中国文化代表团，参加了在那里举行的"中英马克思主义学术论坛"，在会上介绍了21世纪以来中国底层文学的发展状况。在茶歇的时候,主持人米切尔教授告诉我,晚上会有一个老朋友来看我,我问是哪一位,她说要保密,但一定将带给我一个惊喜,我想了一下大学和研究生时期的同学,似乎没有听说谁在英国。米切尔教授神秘地一笑,说到时候你就知道了。那天晚上,我见到了一张美丽的中国面孔,但我一下没有认出她来,她微笑着说:"你再猜猜,连我你都不认识了?"在她的微笑中,我似乎辨识出了多年前的密码,不禁惊呼一声:"天哪,你不会是……小霞吧?"她跑上来,给了我一个大大的拥抱。

　　那天晚上,小霞请我喝咖啡,在大西洋岸边的一家咖啡馆里,我们聊了很久。我没有想到,在异国他乡能见到她,坐在那里如在梦中,现在想起来仍然不敢相信。小霞告诉我,她那年转学回到东北后,在那里一直读完大学,然后就到英国来了,最初她在伯明翰大学著名的当代文化研究中心读书,就在她毕业的那年,这个学术重镇被关闭了,原因至今仍然是个谜。后来她留在英国,在一个大学任教,也参加一些社会运动。她还告诉我,现在她是两个孩子的母亲,这两个孩子来自不同的父亲,她的第一任丈夫是一个特立尼达和多巴哥人,现在的丈夫是一个英国人,是某个社区的工党领袖。她还告诉我,现在她是一个女性主义者,也是一个马克思主义者,在学校里主要研究工人运动史和移民问题,也关注当前的青年学生运动,她说话时中英文夹杂,大概很久没有说汉语了,偶尔会停下来问我,这个词的中文怎么说,也像外国人一样经常耸耸肩膀。

我喝着咖啡，望着坐在我对面的小霞，仍然不能从最初的震惊中清醒过来，她的面貌仍是小霞的轮廓，但这是我认识的小霞吗，是那个怕黑的女孩吗？在我们分开之后，她的生活和内心都经历了什么？——我简直难以想象。坐在那里，想起我们那个偏僻的小城，想起我们一起骑车穿越黑暗的日子，那似乎已经是很久远的事情了，仿佛是我们的前生前世。

随后的一两天，小霞开车带我在伦敦转了一大圈，我们去了大英博物馆，去了 WATER STONE 书店，还去看了大本钟，去看了伦敦眼，最后我们去了海德公园附近的马克思墓。马克思墓在一个公墓的角落里，很不显眼，但墓前树立着一座青灰色的石碑，上面有马克思的铜像，碑前还有人送的鲜花。那天我们在马克思墓前，想起波澜壮阔的人类史和革命史，想起苏联的命运，想起中国的前途，两个人都很感慨。小霞告诉我，她参加了前几年在伦敦举行的共产主义大会，齐泽克、巴迪欧等人都在重新讨论共产主义问题，她在会场上想起当年我在夜色中唱《我们是共产主义接班人》，一个人在心中偷偷笑了好久，也想了好久。我们又谈到苏联歌曲，说起《小路》，她说："一个国家在疆域上不存在了，她在歌声中还存在，这就是艺术的魅力吧。"我说，我经常想起我们在黑暗中穿行的时光，很怀念苏联解体以前的那些日子，但我不知道自己究竟想要说什么，也不知道她是否能够听懂。我们两人在树荫下的长椅上静静地坐着，在那一刻，我们可以看到马克思的目光正凝视着远方的天空，阳光洒落在墓碑前的草叶上，白云悠悠，微风轻轻拂过。

那天晚上，从郊区回伦敦，我们又走了一次夜路。跟多年前不同的是，这次是小霞开着车，我坐在她的旁边。有很长时间我们两人都没有说话，我默默地看着车窗外，那是一片广袤无垠的田野，路旁不时闪过村庄、牛羊、树木、尖顶的教堂，看上去那么平静，像是一幅幅风景画。这好像是18世纪的村庄，是简·奥斯汀笔下的世界，一切都是那么安静、朴素、自然，仿佛亘古以来就是如此。天色渐渐暗了下来，车里轻轻流淌着音乐，那熟悉的曲调又一次将我们带往苏联，带往我们那个小城。

"你还记得吗？"小霞突然说，"那时候你曾问过我，走夜路害怕时最想念谁？"

"我当然记得，我一直没有等到你的答案呢。"

"其实那时候我有点喜欢你，可又不好意思说……"

"我也是，你要是不转学，说不定我们两个能成为革命伴侣呢……"

"现在呢？"

"现在我们是革命战友！"

"现在你还怕走夜路吗？"

"当然也害怕，不过我学会了一首新歌……"

"你还会唱新歌？唱来听听。"

"你不许笑话我……"

"我不笑话你……"

"那我唱了……"

"唱吧。"

"抬头望见北斗星,心中想念毛泽东,迷路时想你有方向,黑夜里想你照路程……"

"哈哈哈哈……"

我们两人都哈哈大笑起来,气氛一时很活跃,我们跟着音乐唱起了很多歌曲,中文的,英文的,俄文的,日文的,像一首首循环往复的国际歌。我不知道这会不会是我最后一次见到小霞,但在那个时刻,我们好像又回到了那个小县城。在我们的歌声中,车子穿过了狄更斯的伦敦,穿过了愤怒的青年的伦敦,在车子开到伦敦桥之前,我一直在想,如果我们沿着这条路一直走下去,会不会有一个更好的未来。

2015 年 9 月 15 日—19 日

李云雷,1976 年生,山东冠县人,北京大学中文系博士。现任职于《文艺报》。中国现代文学馆特邀研究员,中国文艺评论家协会青年委员会副主任。著有评论集《如何讲述新中国的故事》《重申"新文学"的理想》《当代中国文学的前沿问题》等,小说集《父亲与果园》《再见,牛魔王》《到姐姐家去》等。曾获 2008 年"年度青年批评家奖""十月文学奖"、《南方文坛》优秀论文奖、《当代作家评论》优秀论文奖、冯牧文学奖等。

伞兵与卖油郎

徐则臣

1

天很好,万里无云。范小兵背对着我们,酝酿了很久,终于从胳肢窝里拿出了那个东西,对着太阳举在我们头顶。那个东西在刺伤人眼的阳光里,只是一个不规则的黑影子。我们踮起脚尖想换个角度看,范小兵把那个东西又举高了一点,侧一侧手,一道耀眼的红光掠过我们眼前。这下看清了,一个五角星。我们立刻委顿下来,感到了夏日午后的酷热。

"我还以为什么宝贝!"刘田田说。为了表示气愤,她把我口袋里的知了抢过去,掐了一把,带着一路蝉声跑到了树荫底下。

我也很失望。一大早范小兵就放出话,要让我们见识见识,见识什么他不肯说。我们只好等,看着他把那个"见识"夹在胳肢窝里走来走去,我们更着急。他喜欢把他认为的好东西夹在胳肢窝里。我们一直相信他的胳肢窝,那个地方通常都不会让我们失望。可是现在,他拿出了一个带着汗水的红五星。我一扭头也跑到了树荫底下。

范小兵不着急,矜持地走到槐树下。他又把那个红五星放到我的鼻眼之间,我闻到了一股汗臭味。"猜猜,"他说,"哪来的?"

我懒得猜,"我有十八个,还不止。"

"天上掉下来的,"他把红五星在短裤上仔细地擦了擦,吹口气。"伞兵的,昨天从天上掉下来的。伞兵。"

"伞兵?"

"伞兵。"

我拿过红五星,翻来覆去地看。它跟刚才好像有点不一样了。不一样在哪里我说不上来。这样的红五星我有十八个还不止,可是没有一个是从天上掉下来的。伞兵,这是那个夏天我听到的唯一一个新词。"伞兵是什么兵?"

范小兵没理我,只是仰脸看天。"我要当伞兵。"

范小兵说他看到伞兵的第一眼时,就决定要当伞兵了。昨天下午,他从夏河的姑妈家回来,穿过野地时看到一架飞机经过头顶,慢得几乎要掉下来。他正担心,忽然看到飞机里掉下来一个东西,又掉下来一个东西,一连掉下来五个。往下掉的过程中他看到其实是五个人,他们飞速地往下坠,像五颗巨大的冰雹。然后他们身后弹出一个更巨大的尾巴,像松鼠一样翘到了头顶，紧接着他看到那些尾巴是一顶顶大伞，他们慢下来，如同滑翔的鸟向远方飞去。范小兵想起父亲跟他讲过的故事，他的头脑里一下子就冒出了两个字：伞兵。他跟我们就这么说的，一下子就冒出了两个字，像气泡一样。他当时就两腿发抖，不跟着他们跑不足以平息自己的激动。他边跑边叫，伞兵，伞兵！姑妈让他带回家的一篮子黄瓜都扔了。

他跟着降落伞跑，跌跌撞撞地经过田地和沟坎，摔了三跤。他说他还看见一个伞兵对他挥过手。但是他不得不在乌龙河前停下来，眼看着五把大伞越飘越远。他把嗓子都喊哑了他们也不会回来。直到再也看不见他们，范小兵才悲伤地往回走，两腿软软的。返回的路上发现了那枚红五星，范小兵再一次激动得两腿哆嗦。那枚五角星一半埋在土里，但他坚定地认为，毫无疑问它是某个伞兵的，它从天上掉下来。

范小兵还说，昨天夜里他梦见自己变成了一只大鸟，头顶上戴了一颗闪闪发光的红五星。"我不当兵了，"他举着那颗红五星对我们说，"我要当伞兵。"

2

在知道有伞兵之前，我和范小兵只知道以后要当兵。我们所有男孩子都想当兵，当什么兵没想过，也没法去想，我们不知道兵还要分很多种。我们的理想是成为英勇的解放军战士，戴军帽，穿军装，头上一颗红五星闪闪发光。我们喜欢所有和解放军有关的东西，为此整天缠着父母，希望能给我们做一身军装，买一根宽大的八一皮带、一双崭新的解放鞋。但结果相当不好，父母说，哪来的钱做新衣服？酱油都吃不上了。他们都这么说。

我们的愿望从来没有完全实现过，我们一伙人，除了穿了好几年的解放鞋，要么是只有一件上衣，要么是只有一顶军帽，或者是一条八一皮带，没有一个人能够把自己全副武装起来。像我，除了一双解放鞋，只有叔叔淘汰给我的一条八一皮带，此外还有十八颗红五星。九颗是我从亲戚家的抽屉里搜出来的，九颗是从别人那里挣来的。我把皮带借给他们勒上两天，代价就是一颗红五星。当然我也送给别人几颗，那是因为我也想借别人的衣服穿两天。所以我说我有十八颗还不止。

范小兵不一样，他家不用打酱油，他家就是做酱油的。海陵人都知道，老范家的酱油那才叫真好。好在哪我不知道，他家有钱我是知道的，大家都知道。老范有钱呢，只进不出，镇上每年还给他钱，逢年过节都要敲锣打鼓地送一大堆好东西给他。老范是退伍的战斗英雄，从前线回家的时候，胸前挂了好几个奖章，一个大巴掌都捂不过来。但是范小兵比我们还惨，老范不仅不给他做军装买军帽，连解放鞋都不给他买。老范说：

"当兵，当兵，当什么兵！好好看书。上不好学就回来卖酱油！"

范小兵说："我不卖酱油，我要当兵。"

老范抓起酱油端子就要打:"狗日的,还嘴硬!"

范小兵拉着我撒腿就跑。他要把从老范口袋里偷到的两毛钱藏到我家。我们都不懂老范为什么会这样,他是战斗英雄,在我们海陵,从炮弹里活着回来的就他一个。

"我长大了一定要当兵。"范小兵藏在我家的后屋里数钱,加上刚偷到的两毛,他已经是十二块九毛钱的主人了。十二块九毛,多么大的一笔钱啊,看得我口水直流。照他说的,只要攒到二十块就可以把别人的军装、皮带、解放鞋都买过来了。也就是说,现在除了没穿裤子,范小兵基本上已经像个军人了。我看着他把十二块九毛钱锁进他的小箱子里,无限神往一个没有穿裤子的范小兵。那箱子是我借给他用的,之前一直盛放我的宝贝,很普通,现在不一样了,在我看来它已经变成了聚宝箱。他把箱子锁好,亲自放到我家的柜子上头。"我要当兵,当伞兵。"

3

伞兵到底是个什么东西,我和刘田田一直都没想明白。范小兵说,记不记得,前年有场电影里放过的,一群解放军绑在伞底下飞。我和刘田田都不记得了,可能碰巧那场电影我们俩都没看。可是没看我们当时干什么去了?露天电影,全村的人都集中在中心路上,我们去哪了?范小兵支支吾吾地说,五月,那晚刮大风,银幕差点吹跑了。刘田田脱口而出,想起来了,那晚你妈又跑了!说完她立马意识到犯错误了,捂上嘴躲到我身后。

我也想起来了。那是范小兵他妈第三次离开家,也是最后一次,此后再也没有回来过,老范也没再去找过。

那晚上,我和母亲搬着板凳去中心路,经过范小兵家,闻到一股浓烈的酱油味。他们家的门大敞着,门口围着一堆人。我挤过去,发现老范坐在屋子里的泥地上,屁股底下全是酱油。一只桶倒了,流了一地。几个人上去劝他,想把他扶起来,老范就是不起,他像瘫痪了一样低头摸着地上的酱油。范小兵的堂叔从门后抓起一根扁担,问老范:

"追还是不追?你一句话。看我不把她腿给砸断了!"

所有人都看老范。老范摇摇头,突然拍着地大声喊:"出去!都给我出去!"听他的声音一定是哭了。他拍起的酱油溅了别人一身。范小兵的堂叔和一伙人失落地出来了,顺手带上了门。他们在门外议论了一番,范小兵的堂叔说:"我做主了,追!"几个人就跟着他往北走。后面跟了一大趟看热闹的。我和母亲也在里面。那时候电影已经开始,但因为已经起了风,把声音都刮到别处去了。听不见,我就把电影的事给忘了。

我已经猜到是追范小兵他妈,问母亲,她不愿说,让我不要多嘴。正好碰到刘田田,她也搬着小板凳跟着,我就问她。刘田田说:"除了她还能有谁?看见范小兵了吗?"

"没有,"我说。"可能看电影了。"

范小兵不知道他妈今晚要跑。从第二次逃跑被抓回来,她被锁在家里已经一个半月了。年前她跟辛庄卖豆油的大胡子好上，就把酱油桶扔掉跟人家私奔了。大胡子五十多岁，老婆五年前死了，家里榨豆油卖，赶集的时候都跟范小兵他妈的酱油摊子摆在一起，收市回家时，也顺便帮她把独轮车放到他的小驴车上带回到他们村口。范小兵家没有驴，只有一头黄牛，没有女人赶着牛车去卖酱油的，所以只能推独轮车去。他们常年在一起卖油，一来二去就搞上了，然后范小兵他妈就挺不住了，撂了油桶就想往大胡子家跑。我见过大胡子，他的胡子真好，油汪汪的又黑又长，像电影里的包公，笑起来声音也响亮，像热油下锅。

开头那次私奔，被老范抓回来了，打一顿，关两天就算了，没想到几个月后又跑了，不是从家里跑，而是赶集卖酱油就没回来。三天后，老范的堂弟带着一帮人冲到辛庄，果然从大胡子的床上把范小兵他妈给拎回来了。老范一气就把她锁在屋里，关了一个半月。这一个半月范小兵他妈表现很好，老范就不忍心再锁，趁着村里放电影，就把她放出来看个热闹，也算是补偿。谁知道老范从外面转一圈回来，发现老婆又没了，柜子里的衣服也不见了，还弄倒了一桶酱油。老范围着一地的酱油转了转，腿一软，一屁股坐在了里面。

范小兵他妈那天晚上当然没有追回来，出了村庄就是一大片野地，到哪里去找。以后老范也没再找过，他不想再找了。现在除了儿子和酱油，老范什么都不关心。那晚上我们从野地里回来，继续看电影，但是很显然，我和刘田田已经错过了那个降落伞从天而降的场面。

4

范小兵的脸色先是不好看,接着又好看了。他把手从胳肢窝里抽出来,说:"我要让你们见识见识什么是伞兵!"

他拿树枝在地上画了一幅画,一个大伞下吊着一个人。很难看,我们还是看懂了。不过我们还是不明白他们是怎么从天上掉下来的。

"不是掉下来,是飘下来。"范小兵都有点急了,他做着飞翔的姿势从一堵断墙上跳下来,摔了个狗啃屎。爬起来又要上墙,我和刘田田制止了。不能让他再摔了。范小兵只好用手当翅膀,一路滑翔,"这样,就这样。"

我们说:"嗯,懂了,懂了。"

范小兵知道我们其实并不明白,也就不放过一切机会向我们解释。尤其是天上经过飞机的时候。整个夏天我们都在五斗渠外放牛,我,范小兵和刘田田。野地里没有遮拦,天大地大,总是范小兵最先看见飞机。"快,快!飞机来了!"他把牛扔在一边,跟着飞机就跑。我也跟着跑,希望能交上个好运,和范小兵一样看见伞兵落下来。刘田田跑得太慢,只好留下来看牛吃草。

一次好运都没交到。夏天过了一半,我绝望了。范小兵把没有伞兵落下来当成他的错,更加卖力地向我表演他的伞兵降落过程,看得我越来越糊涂。在范小兵也即将绝望的时候,一架飞机总算撒下了传单。

开始是几张,飘飘扬扬,我们跟着跑,踩坏了不少庄稼。范小兵一边跑一边叫,总算捞回了一点面子。"看,就这样,伞兵,就这样。"但飞机越飞越远,传单突然多起来,一点伞兵的样子都没有了,我只看到大雪花在落。我停下来,范小兵继续跟着跑,大半个钟头才回来,手里一沓纸。他把传单折腾来折腾去,不知怎么就成了一把纸伞的模样,然后拍了一下大腿,说:

"我知道了!我知道了!"

刘田田问我:"他知道什么了?"

我说:"不知道。"

第二天放牛,范小兵带了一把雨伞过来,还从别人那里借来了一顶军帽。我们更看不懂了,大热太阳的你带什么帽子和雨伞。

范小兵说:"让你们见识见识。"

为此他建议我们去集中坟里放牛。集中坟是村庄北边坟地的名字,在乌龙河南岸,一大片坟堆,隔三岔五长几棵老松和柳。集中坟里草深,而且嫩,但我们很少去。坟地周围的河沟里经常会有死婴被扔在那儿,刘田田害怕。那天我们还是去了,因为范小兵坚持要让我们"见识见识"。

我们把缰绳缠在牛角上,让它们在坟地里随意吃草。范小兵戴上军帽,找了一个高大的坟堆,爬上去撑开伞,腰杆挺直得像一棵树。他要跳了。这姿势让我和刘田田多少有些激动，范小兵要当伞兵了。范小兵啊地叫了一声，声音还没落人就到地上了。刘田田忍不住笑了，我也笑了，我们根本没发现他的伞作用在哪里。范小兵脸都红了，抱怨坟堆太矮，要找个高的。找了半天都是矮的。然后看到了一棵老柳树，高高地伸着一只老胳膊。范小兵说，就它了。他爬到树上，找到合适的位置站好，撑开伞，他的腿激动得直抖，但我们从树底下仰着头看他，还是觉得头顶上站的就像是狼牙山五壮士。范小兵发出了猫头鹰似的叫声，呼啸而下，我们看见他抓着伞像伞兵一样平滑地飞翔了一段距离，落地的时候没站稳，坐到了一个坟头窝里。

范小兵成伞兵了。我羡慕不已，跑上去问他降落的过程中有什么感觉。范小兵喘着粗气说："有点晕。"

晕过了他又爬起来，继续跳。我想他是找到伞兵的感觉了，尽管我还不知道做伞兵是什么感觉。刘田田却说，他是上瘾了，不就飞吗，还能飞过鸟啊？我当然不同意她的说法，鸟是鸟飞，人是人飞。但是，说实话，她的话让我心里稍稍平衡了一点，我也想当伞兵了，可是我不敢跳，有点高。我们都把牛给忘了，范小兵一遍一遍地跳，我和刘田田躺在坟堆上看。

跳到第九次时出事了。范小兵觉得跳得越来越熟练了，想玩点花的，在降落的过程中转上几圈。他说他看到伞兵从天上下来的时候就转了好多圈。为了能多转几圈，范小兵改成背对我们跳，在跳下来的一瞬间就开始转第一圈。他做到了，应该说第一圈转得相当不错，错在第二圈，还没转完就落下来了，一头撞到石碑上。我们听到他叫了一声,又叫了一声,就倒在了地上。我和刘田田跑过去,看到范小兵一手抓着伞,一手捂着嘴哼唧。

刘田田叫着:"哎呀,你嘴出血了!"

范小兵疼得眉眼皱到了一块,对地上吐了一口,全是血。我觉得那血不对头,揪了一根草叶拨了拨,找到半颗牙。我对范小兵说:"把嘴张开。"范小兵艰难地张开嘴,露出破裂的嘴唇和带血的牙齿,两颗大门牙只剩下一颗半。他啃到了石碑。

5

豁嘴唇和断牙没能阻止范小兵当伞兵的热情,倒是老范阻止了几天。他带儿子去医院的路上就决定,不能让这小子再闹下去了。他决定把范小兵看在身边。在学校里他管不着,回了家就他说了算。他逼着范小兵跟他学做酱油,老范一直都说,范家的酱油是祖传的,后继不能无人;出门卖酱油也把范小兵带上,算算账收收钱,总比让他一天到晚乱跑强。两个星期以后,范小兵又自由了,老范发现整天把儿子拴在裤腰带上,牛没人放了。现在牛正是吃青草的时候,两天闻不到青草味头就牟下来。老范只好狠狠地教训了范小兵一顿,又让他去放牛。

卖酱油范小兵也没闲着,他从钱袋里前前后后摸了四块三毛钱。他把钱藏到我家的时候,脸上俨然是伞兵的表情了。快了,快了,已经穿上大半条裤子了。他跟我说:"我很快就有真正的降落伞了。"

真正的降落伞?

"等两天,会让你见识的。"

我等了两天,看到范小兵从家里偷出了一条床单。

"就这个?"

他郑重地点头。又从口袋里摸出几条绳子,让我和刘田田帮帮忙。

按照他的要求,我们在放牛的时候帮他做成了降落伞。把床单的四个角分别用一条绳子扎起来,然后四根绳子的另一头再扣在一起。弄完了,范小兵抓着绳头向前跑,有那么一下子床单膨胀起来,但是跑几步就缠在一起在地上拖了。显然是失败了。范小兵不服气,又试了几次,还是没起色。怎么回事?他问我们。我们哪里知道。刘田田头脑一亮,说,不是想让床单膨胀起来吗?用树枝撑着。我们就找了两根既细又直的紫穗槐枝条,交叉着和床单四角绑在一起,这样即使没风,床单也是膨胀起来的。又试了一次,降落伞已经能够离开地面了,只是范小兵奔跑的速度和时间都有限,降落伞在空中飘扬了一会儿就坠地了。

我们同时想到了牛。

拴在牛尾巴上,牛比我们都能跑。要范小兵家的黄牛,我们的水牛太笨重。我们把降落伞绑在了黄牛尾巴上,范小兵抽了一鞭子,黄牛闷着头向前跑,降落伞飘起来。就在那个花床单越升越高的时候,噗地掉了下来,黄牛不跑了。它忘了疼。我们兴奋的叫声的另一半,也跟着发不出来了。我想我是见识了降落伞,可惜只壮观了半里地那么远。范小兵还想再抽它一鞭子,我说没用,你总不能跟着它一直抽下去。

第二天范小兵带了一挂小鞭炮。"绑在牛尾巴上,"他说,"我就不信它还能停。"我和刘田田明白了。村东头的小坏孩玩过这个。过年的时候,小坏孩把鞭炮绑在邻居家的牛尾巴上,点着了,那头牛吓得一口气跑了十里路才停下来,差点累得断气。

降落伞和鞭炮绑好了,我和刘田田闪到路边。范小兵点着了火。爆炸声多如芝麻,震得我耳朵里像是飞进了一群小蜜蜂。黄牛发疯似的狂奔起来,降落伞迅速飘起来,鼓鼓胀胀,倾斜着跟在牛身后。降落伞。降落伞。范小兵跟黄牛一样疯狂,粗着脖子狂叫降落伞。我攥紧了拳头,攥得感到了疼。范小兵已经无限接近他的伞兵了。我陡然生出了一阵难受,成为伞兵是多么美好的事情啊。可那是范小兵的事。刘田田也跟着跳,一边跳一边叫。然后我们看见黄牛突然转身往回跑,那时候鞭炮已经炸完了,但它跑得依然疯狂,闷着头,两只尖角斜向上。降落伞重新飘起来。

"快躲开!"范小兵对着我们喊。

黄牛已经奔着我们冲过来了,四蹄踢踏起的尘土从身后扬起来,又飘又抖的花床单使它看起来像是个巨大的怪物。整条道路都在它蹄子下剧烈地晃动。它扣着头,我看到了它两只血红的大眼盯着我和刘田田。刘田田惊叫起来，整个人僵掉了，我想把她再往路边拉，怎么也拉不动，就在黄牛即将冲到我们的位置时，她突然转身往后跑，只跑了两步，黄牛就冲到了她身后。刘田田的尖叫如同泡沫擦过玻璃，她被牛头高高抬起，她的红衬衫在空中闪耀一下，接着被甩到了地上。黄牛从她身上经过，速度慢下来，降落伞着了地，兜着她拖了很远。我和范小兵追上去的时候，刘田田已经躺在路中间，降落伞的一根绳子断了，把她漏了下来。黄牛继续跑，拖着一条委地的床单。

刘田田一动不动地斜躺着，脸成了一张划破了的白纸。我喊了两声她都没有回应。我和范小兵的脸也白了。刘田田左边的大腿在往外流血，裤子都浸透了，右边的小腿血肉模糊。我抱起她，不知怎么的眼泪唰地就出来了，接着是哭声。我从来都没有那么失去章法地哭过。如果不是范小兵在一边托着，我就是把这辈子所有的力气都使出来，恐怕都抱不动刘田田。

到了医院，我们在手术室外面等了很长时间，医生才出来。医生说，小的皮肉伤不算，一只牛角穿过了刘田田的左腿，一只牛蹄踩过她的右腿，还好只是骨肉伤，没有生命危险。刘田田在镇上的医院里住了一个月，出院的时候成了一个两腿都瘸的女孩。此外，偶尔还会精神恍惚，正吃着饭就咬着筷子发呆。从医院回来，她就再没去过学校。

黄牛是在三天以后被找到的，竟然跑到了十五里以外的腰滩。那里有一片浩大的芦苇荡，它在里面吃得肚大腰圆，老范拽着缰绳它还不乐意跟着回来。

6

我们都担心老范会把范小兵打死,他用鞋底一下一下地抽。前几十下范小兵还叫唤,后来干脆不出声了,趴在板凳上撅着屁股,跟睡着了一样。我敢担保,老范一定是用上了当年在战场上杀敌的力气来收拾自己的儿子的,他打得满身大汗,一边打一边吼:

"叫你当兵!叫你当兵!"

打到后来老范也哭了,眼泪跟着汗水一直往下流。打到胳膊再也抬不起来了,打到范小兵的裤子都破了,打碎的布片布条和布丁嵌进了范小兵稀烂的屁股肉里。打到刘田田的爸妈都看不下去了,刘田田她妈哭着说:"不能再打了,再打也跟田田一样了。"

老范停下来,坐到地上,先是看着血红的鞋底,然后抱着被打昏了的范小兵失声痛哭。老范说:"小兵,小兵,你当个什么兵!"好像范小兵已经是个当兵的了。

很长时间里我都不明白,为什么老范坚决不同意范小兵当兵,说说都不行。我经常跟范小兵在他家玩,我提起来当兵的事,甚至说"当兵""军装""八一皮带"这些时,老范都很不高兴。他撂着个脸给我看,我立刻就闭嘴。他当然不会骂我,但范小兵一提他就骂。他说,再兵来兵去的,现在就给我滚出去!他对当兵之类的词和事情,简直敏感到了莫名其妙的地步。

自从老婆跟大胡子跑了以后,每年镇上和村里敲锣打鼓地来慰问军烈属,他都尽量避开。连和军人有关的荣誉都要躲,好像人家不是来慰问他,而是来抓他坐牢的。

范小兵被暴打之后大约半个月,镇上的慰问团又来了。当年老范就是在这样的时节从前线退下来的,这一天成了战斗英雄的纪念日。他们开了一辆大卡车,吹吹打打从中心路拐到老范家的巷子里。卡车后跟了一大群人看热闹,像过节一样。我正在跟范小兵玩,他的屁股还不能靠板凳,必须站着或者趴着,那天他就是趴着,在席子上画自己在跳伞。

我对范小兵说:"又来看你爸了。"

范小兵头都不抬地说:"不在家看什么看。"

时间不长,村主任带着两个更像领导的人进来了。背后是喧天的锣鼓,从卡车上一直响到院门口。

"你爸呢?"村主任问。

"卖酱油去了。"

"你看看,你看看,太不像话了,"村主任很生气,"这个老范,一到关键时候就不在家。"

"没事,"更大的领导说,"这说明我们的战斗英雄觉悟高,自力更生嘛。"

锣鼓继续,更热闹了。几个人抬了一块英雄匾和一纸箱子礼物进了门。老范不在家,仪式只好从简。范小兵从席子上爬起来,代表老范接受英雄匾和礼物箱。领导握着范小兵的手,弄得范小兵浑身痒得难受,但领导一直握着不撒手,对着照相机不停地说话。

最后,领导说:"老范是个好同志,我来两次了,他都不在家,让我很感动。作为一个身有残疾的战斗英雄,他不居功自傲,视荣誉为平常,这一点值得我们所有人学习!我代表镇政府、镇领导,向老范、向我们战斗英雄的儿子,表示崇高的敬意!"

慰问团走了,一些人还留在老范家看热闹。他们想看看箱子里到底装了什么好东西。范小兵打开箱子给他们看。有酒,有高级点心,还有一些苹果和西瓜。我听到一片口水声,谁家能吃上这些好东西啊。看得出来,他们像我一样眼馋。但是范小兵把箱子合上了。范小兵说:"这是给我爸的。"

巷子头的三秃子说:"都走都走,人家是送给残废军人的。你残废了吗,也往上靠?"

男人们笑起来,都说:"没残废没残废。"

他们这么一说,我倒愣了,老范胳膊腿一样不少,残哪儿的废?

他们又笑了,三秃子说:"小兵,你妈是不是因为你爸残废才跟大胡子跑了?"

范小兵说:"你爸才残废!你妈才跟大胡子跑了!"

三秃子说:"是啊,我爸残废了,那个东西被打掉了,我妈跟大胡子跑了,又怎么样?反正他们也死了。"

屋子里的人都笑了,范小兵没笑,我也没笑。可是我在想,他爸竟然没有那个东西。我知道那个东西是什么。三秃子笑得尤其开心，前仰后合。范小兵一声不吭，从我身边走过去，抓起英雄牌照着三秃子的光头就砸下去。哗啦一声，玻璃碎了一地，三秃子满头满脸都是血，一道道流下来，跟电影里披红头发的鬼有点像。他怪叫着要打范小兵，被拉住了，他们觉得这玩笑开大了，一个个收起了笑脸，匆匆忙忙把三秃子拖出了门。

我一直待到天黑，到老范回来。老范把独轮车上的酱油桶拎下来，看了看地上的碎玻璃，一句话也没说，找了笤帚扫进了畚箕里。然后打开箱子，抱出最大的一个西瓜让我带回家，我推着手说不带，老范沉着脸看我，一个字一个字地说：

"带。一定要带。"

7

范小兵的钱攒够了。他的屁股好了，对降落伞的热情又背着老范高涨起来。那天晚上他把偷来的钱再次放进小箱子里，数完了，说："二十块零六分。我要成为伞兵了。"然后把钱分成五份摊在我床上。这是帽子，这是褂子，这是裤子，这是鞋子，这是皮带，他说。他已经把所有有军装的人的价格都打听好了，也说定了，一手交钱一手交货。他急不可待地要去找那些有军装的人，现在就买下来。我说已经不早了，谁还不睡觉，明天吧。正好老范来我家找他，范小兵就急急忙忙锁了箱子回家了。

月亮那么好,光照到我脸上,睁开眼就看见掺着蓝幽幽的乳白色。村庄静寂,只有月光移动的声音,是那种琐细的小声音。它让我难受,让我心跳如鼓。我看着从窗户里透过来的一块月光慢慢移动,一直移动到柜子上,我从里到外咯嘣响了一下。小箱子。

我在床上翻来覆去地转身,转来转去还是看见了那个小箱子。明天范小兵就要成了一个伞兵了,我能想象出来他意气风发的样子,他全副武装站在高得让人眩晕的地方,背后是他从家里偷出来的另一条床单,当然,现在已经是降落伞了,他向全世界人民喊,同志们,冲啊,纵身跳了下来,降落伞飘飘举举,缓缓而下,他在飞翔的过程中尽情地转圈,转一圈,再转一圈,经过漫长得有一天那么长的时间,范小兵终于落到地上,稳稳地站住,两条腿就像从来没有离开过大地一样,就像本来就长在大地上一样。我不知道我能不能成为伞兵,但是当个一般的解放军总可以吧。他看上的军装也是我看上的,也许在今天夜里我比他还要喜欢。可是我没有钱。我觉得慰问老范的锣鼓队伍正从我前胸上走过,咚咚咚,咣咣咣,我要喘不过气了。

我爬起来,把手艰难地伸向那个小箱子。

第二天清晨,我起得比爸妈都早。母亲问我起那么早干什么?

我说:"去姥姥家。"

"你不是说过两天再去的吗?"

"不过了,今天就去。"

母亲很高兴,赶紧给我做早饭。我不喜欢走亲戚,姥姥家都不想去,而姥姥想我去,她说都两年没见过我了,想我都想出病了。我说我去给姥姥看两眼,治治她的病。吃完饭收拾好东西,我走出家门。出了村子我又跑回来,走到范小兵家门口,看到老范正在院子中往一只桶里倒酱油。我跟老范说:

"叔叔,小兵呢?"

"还没起呢。我去叫醒他。"

"别叫了,没事。你跟小兵说一声,我去外婆家了,要什么东西直接去我家拿就行了。"

然后我比刚才更快的速度跑出了村子。一望无边的大野地,我踢着路边的草和露水往前走。右手插在口袋里,紧紧地捏着那一沓纸,捏出了一手心的汗。十三块钱。一件褂子,一条裤子。我知道我穿上那身军衣一定也很好看,解放军就是那个样子。我的左手里攥着一把钥匙,另一把在范小兵那里。左手突然从口袋里跳出来,将钥匙扔到了路边的水沟里,我看着小钥匙飘飘悠悠下沉的时候才清醒过来,已经晚了。沉下去了。我走了几步再回头,所有水面都长着同一张脸,分不清钥匙落在哪个地方。我站在水边看了看,继续往前走。我是不是跟范小兵说过,就一把钥匙?记不得了。只是十三块钱太多了,我怎么拿了这么多。除了偷瓜,我从来没拿过别人的东西。我一路都在念叨着十三块,直到进了外婆的家门。

我在外婆家住了三天才回来。回到家就听母亲说,小兵这小孩,就是不省心,这才几天啊,又把自己的腿给弄断了。

8

范小兵跳伞的时候把左腿给摔断了。

那天早上吃过早饭,他想等老范出门卖酱油后就到我家拿钱,可是老范吃完了饭一点没有要走的意思。老范说,他要等扎下的小商贩来买完酱油再走。范小兵不知道要等多久,就扯个幌子去了我家,直接抱着钱箱去找那几个要卖衣服给他的人了。整个上午他都在外面转悠,我不知道他打开钱箱是什么表情。或者是一件一件地买,直到最后才发现钱不够了?不知道。反正他只买到了帽子、鞋子和皮带。

我问母亲:"他拿走箱子以后又来过我家没有?"

母亲说:"来我家干什么?"

我松了一口气。可是范小兵他为什么不找我问一问?这个问题我一直都没想通。那个钱箱子他以后再也没有还给我,为什么不还,我不知道,也不敢去知道。此后我们谁都没提钱箱子的事。当然,那十三块钱我也没有拿去买军装,我把它们夹在一本书里藏在隐秘的地方,一直藏着,中途曾变换过几个地方,直到后来我都记不起来到底藏到了哪里。然后彻底找不到了。

钱丢了也没影响范小兵全副武装地跳伞,他偷了老范退伍时的军装。老范的军装压在衣柜最底下,范小兵拿出来给我看过。那时候他还不敢把它拿出来穿,否则会被老范打死。他挨过打,在他妈第一次跟大胡子私奔那会儿,他只是把军装拿出来在身前比画了一下,被老范看到了,拖过来就打,一连十二个耳光。老范的脸色像黑夜里的判官,声音更可怕,老范说:"狗日的,你再敢把它翻出来,我剥了你的皮喂狗!"

但是这次他抖起胆子把衣服偷出来了。他把帽子、鞋子、皮带和降落伞都藏在屋后的草垛里,开了门回家偷衣服。当时已经是半下午,老范早就出去卖酱油了,是个安全时段。他在打开衣柜之前还是犹豫了好长时间,他得给自己鼓劲,范小兵看到自己伸向柜子的手在哆嗦。柜子打开了,为了不被老范发现,范小兵每一件衣服拿得都很谨慎,按顺序拿出来再放进去,整个过程都很紧张。当他把衣柜合上,一抬头看到老范背对着他站在窗户外,在收绳上晒干的衣服。范小兵慌乱地把军装塞到了床底下,然后站起来说:

"爸。"

老范转过脸找了半天才看见他,"你在家啊?"老范说,继续收衣服。"我还以为你出去了。过来搭把手,把衣服拿进屋。"

范小兵来到院子里,说:"今天回来这么早。"

"卖完了就回来了。"

范小兵趁老范去饮牛的工夫把军装藏到了草垛里。

第二天上午穿上了父亲肥大的军装,袖子和裤腿卷了好几道,八一皮带束住了晃晃荡荡的上衣。他穿军衣戴军帽,英姿飒爽地站在乌龙河的放水闸顶上。那天正好风大,大风吹动中的范小兵看上去就是一个英雄。闸底下围了一群像我一样做梦都想当兵的少年。放水闸顶离下面水边的平地至少高十五米,是我们那里能找到的落差最大的地方,没有比那里更适合跳伞了。

后来我听村主任的儿子毛小末讲,范小兵并没有像我想象的那样,在跳下去的一刻喊什么口号,他甚至连一点声音都没出。他说,范小兵站到闸顶的时候低头对他们说,只有没见过世面的人才会在跳伞的时候大喊大叫,真正的伞兵都是一声不吭地跳的,有什么好喊的呢?伞兵跳伞就像木匠做板凳一样正常,拿起刨子就喊岂不是要累死。范小兵还说,站在高处往下看,感觉真是好极了,他觉得浑身都热了起来,就像煮沸的水一样,他都能听见身体里咕嘟咕嘟冒泡泡的声音,他太想飞了,像老鹰和麻雀那样自在地飞。说完,在大家还没反应过来的时候,跳了下去。

毛小末说,没想到降落伞飘下来的时候那么好看,慢悠悠的,想下来又不想下来,简直都没法相信它是由一条花床单做成的。像一朵花,也像一棵五彩的大蘑菇。范小兵降落的时候也好看,他从容地转着圈,大衣服里灌满了风,如同巨大的花气球下坠着的一个军绿色的小气球。毛小末说,真的,如果不是半路上摔下来,他比伞兵还伞兵。

问题是,半路上范小兵摔下来了。风力那么大,拼命地顶起伞盖,伞盖上范小兵不知道还需要有个排风的洞,交叉绑在四角的两根紫穗槐枝条中的一根突然折断,降落伞的两个角裹到了一起,先是两个角裹在一起,接着另一根枝条也断了,四个角裹到了一起,整个降落伞裹成了一条乱七八糟的装着风的大麻花。离平地五米左右的时候,范小兵像萝卜一样栽下来,毛小末他们都没来得及叫出来，范小兵就摔到了水泥台阶上。那些台阶从河堤上修下来，为了方便人取水的，坚硬而且棱角分明。范小兵结结实实地掉在上面，左边的小腿骨垫到了台阶角上。毛小末他们叫起来，范小兵也叫了起来。

接下来是听我父亲说的，他和老范一起把范小兵送到了镇上的医院。父亲说，在车上老范哭得可伤心了，一手稳住儿子的伤腿，一手捶打自己的脑袋，老范说，都怪他，都怪他，他当时要是不让小兵拿他的军装就不会这样了。他看见了。父亲说，这个老范。

到了医院，还是上次的那个医生，见了老范就说："你们的骨头怎么老出事，上次是个丫头，这回换了个小子。"

9

这些都是很多年前的事了。

接着说现在。现在，我是一个自由漂游的人。大学毕业后教过几年书，又上了几年学，现在什么也不做，东飘西荡跟着风乱跑。我没当成兵，一天都没当过。高考前军检被刷下来了，平足。范小兵也没当成兵，更不要说伞兵。现在他是一个瘸子，一个孩子的父亲，整天推着独轮车到处卖酱油。范家的酱油做得越来越好了。因为左腿有问题，走路一深一浅，独轮车上左边的油桶从来不能装满，满了就会被颠得溢出来。他的老婆是刘田田，他们很早就结婚了。儿子五岁，名字叫大兵。这名字是范小兵给取的，刚开始遭到所有亲友的反对，当爹的才叫小兵，儿子怎么能叫大兵。范小兵坚持住了，所以现在大兵还叫大兵。这些我都是听我妈说的，我长年不回家，都是在和家里通电话和通信中知道这些事情的。

前段时间我难得回了一趟家，正站在院子里看着墙边的桑树发呆，母亲在门口喊我过去。她说小兵过去了。我伸着脖子朝巷子里看，范小兵已经走到了巷子的尽头，推着独轮车，身体忽高忽低地走，上身挺得直直的。和他一样挺直上身的是跟在车旁的儿子，五岁的大兵，不仅腰杆直，两只手也甩得有力，每一步都把脚尖踢起来，就像一个军人正步走过阅兵台。

2005 年 5 月 9 日，在北大万柳

徐则臣，1978 年生于江苏东海，毕业于北京大学中文系，现为《人民文学》杂志副主编。著有《北上》《耶路撒冷》《王城如海》《跑步穿过中关村》《青云谷童话》等。曾获庄重文文学奖、华语文学传媒大奖·年度小说家奖、冯牧文学奖，被《南方人物周刊》评为"2015 年度中国青年领袖"。《如果大雪封门》获第六届鲁迅文学奖短篇小说奖，同名短篇小说集获 CCTV "2016 年度中国好书"奖。长篇小说《北上》获 CCTV "2018 年度中国好书"奖、第十届茅盾文学奖。长篇小说《耶路撒冷》被香港《亚洲周刊》评为"2014 年度十大中文小说"，获第五届老舍文学奖、第六届香港"红楼梦奖"决审团奖。长篇小说《王城如海》被香港《亚洲周刊》评为"2017 年度十大中文小说"、被台湾《镜周刊》评为"2017 年度华文十大好书"。部分作品被翻译成德、英、韩、意、荷、阿、西等十余种语言。

少女哪吒

绿 妖

女孩子大都有相似的一段经历:和另一个女孩好得要死,相约独身一辈子,最后弄丢对方。

1. 花朵与果实

我有一个秘密:如果你沿着河堤一直向前走,你就能走到世界尽头;如果你走得足够久,你就能回到原点,因为地球是圆的。

我是怎么发现这个秘密的呢？话说那是今年的四月份，我跟李小路去河堤寻找创作灵感。春天的河堤，到处都是花朵，有梨花、杏花、桃花。我们欣赏了一会儿，决定偷几个杏吃。由李小路爬树，我望风。其实，这时候的杏还根本不能吃，酸得倒牙。我们只是觉得有趣，而且，杏子看上去实在可爱得很。我用衣服兜了几个杏后，就听到农民大声咒骂，还有狼狗的狂吠。不好！被发现了！李小路一个跟斗摔下来，我们掉头就跑。那只狗不知为什么，就是穷追不舍，吓得我魂都掉了。后来我想起我跑两千米得过学校冠军，就又不害怕了。我们一直跑出城，周围都是麦苗地，这时候一片青葱。狗叫声听不到了，我们置身在一个陌生之地。而河堤还一直向前延伸，无穷无尽。我想，这条河大概是要汇入黄河去的，黄河是要流入海的，所以，顺着河走，你就可以看到大海。这个念头让我急不可待：我已经十二岁了，这辈子还从未见过大海！岂不年华虚度？

我忍住了立刻就要去世界尽头的想法，因为我们什么也没带，一口吃的也没有——我还有一百块压岁钱压在褥子底下。但奔跑的惯性使我们刹不住脚，我们从河堤冲下去，张开手脚。我的皮筋跑丢了，披头散发，好像要飞起来。这个地方离渡口已经很远很远，河床这里那里都露着沙子，河水清浅，好像可以横渡过去。我犹豫了一下，周围一个人也没有，对面山坡上开着一两树水红色的桃花，被风吹得一摆一摆，似乎在跟我招手。我心一横，继续跑，跑到河里，惊得水哗哗响。为了春游，我穿了一双凉鞋，还有一条白裙子。我拉起裙子拼命向前跑，好像要摆脱仍然穷追不舍的大狼狗，其实背后没有人，世界异常静——如果不把李小路讨厌的大喊大叫算上的话。为了压过她，我也拼命喊。这么一喊，世界变得明亮极了，似乎它跟我一样，有的是劲儿。后来，我们的喊声在我耳朵里变得模模糊糊，我开始不明白自己为啥下河，为啥要在这么深的水里往前走。这时候我已经跑不动了，我吃力地走，像是要自杀。河对岸离我咫尺之遥。最后我折回岸边，裙子全都湿透了。我们只好在河堤上游荡，直到裙子晒干为止。这是星期天，太阳很好，回民老头带的武术队都出来练功。小个子的分成一排排，整整齐齐地踢腿，一踢能踢到自己的额头，在脑门踢出一个黑印子。年级高的在一片撒了沙子的平地上练拳。武术队大部分都是男生，经过他们时，他们都在看我。我的脸红了。

亲爱的朋友，你想一想，河堤给我们提供了多少乐趣。我可以每天都去而不会厌倦。因为有了这条河堤，宝城也更加可爱。是的，我深深地爱着我的家乡，希望跟它永不分离。《春天在宝城的河堤》是我初二时，"花朵与果实"文学社的文章，作者李宛冰，那时她还叫王晓冰。文学社一共有四个女生，创办人是我和她。最开始，我们为起名字而苦苦思索。我说叫"七色花"，她摇头："全中国至少有五十个七色花文学社！叫我说，应该叫'果树园'。"晓冰即使在嚷嚷的时候，眼睛也是喜气洋洋的，好像在吃什么甜的东西。"那也太实用了，"我嘟囔，"看见它，我就没法不想到吃！咱们总得有点儿精神追求吧。"

最后叫"花朵与果实",它只出了一期。当时是冬天,我们写的都是"冬天来了",只有晓冰写了一篇"春天",被评为最优。

不知为什么,对宝城的记忆,总是与寒冷有关。到了冬天,街面上似乎格外穷,又因为穷,而显得格外窄。人们很少在街上走,就算走着也不好看,都低着头,缩着脖子,两只手揣起来,眼睛因为受冻而变得更小,鼻子倒变大变红。在冬天,不知为什么,大家的表情都十分愁苦,好像挨着饿一样。去上早自习时,一路都没有人,穿过一条有狗的胡同,远远看到零星灯光,那是十字路口卖早点的。在冬天,连他们也不像平日里喜庆,虽然脸上照例还有笑容,可是像被冻僵在脸上,摘不下来。他们一律都揣着手,缩着脖,扬着脸,老远就能看见照顾生意的人,抢在隔壁摊位前头喊出来:"热豆腐脑热包子,热胡辣汤热蒸馍!"如果来的不是买主,比如我,他们就停住不喊,继续跟隔壁摊主一起跺着脚,左脚,右脚,左脚,右脚,来回倒换着跺,像一排吐着白哈气的企鹅。

在冬天,上早自习是痛苦的。唯一的好处是,在早上,街上的泥巴还上着冻,它们以昨天傍晚被碾过的姿态,硬邦邦地屹立着。太阳出来后,街上的泥巴就融化成一锅厚粥,只能沿着墙角边前头人垫的路走——这条路由碎砖头、长木板、稻草团、垃圾袋、破布娃娃、旧皮包、一只烂鞋组成。可以想象，前面的人，为了走下去，把身上能垫脚的东西都解了下来，但还是不够。那条路，常常走着走着就消失，不知前面的人走到这里，是不是凌空飞起？

去上早自习时，我就踩着石头般坚硬的泥巴，一溜跑，脚步声刚响起就被冻上，像风筝一样拖在我身后。我一路跑进教室，脱帽子，解围巾，眼睛才从围巾里挣脱出来，就看到一双喜气洋洋的眼睛看着我。它的主人像我一样，脸蛋冻得绯红，淡绿色的围巾靠嘴的地方有一圈湿漉漉的白水汽。她也刚到，正在费力地解围巾，它在她身上缠了十几道，像一条绿色的大蛇。像我一样，她也是从黑暗和严寒里跑过来的，她手里还握着一块砖头，用来对付狗。像我一样，她也一见面就迫不及待地讲她昨晚做的梦、看的电视。那就是我的好朋友，王晓冰。

来报到那天，我站在教室门口，爸爸抱着一张课桌站在我身后，因为我是插班生，班里没有我的桌椅。课桌是铁的，又大又沉。桌面是一块厚厚的白铁皮，翻开可以装书。未来的同学看着这个黑家伙，露出不怀好意的笑容。老师指了指第一排的角落："李小路，你挨着王晓冰坐，她学习好。"我斜眼看去，就看到一双喜气洋洋的眼睛，有的人眼睛会说话，晓冰就是。我忽然不慌张了，镇定地跟着扛着桌子的爸爸走进去，坐在她身旁。我们就这样认识了。

我们的友谊是秘密。我的朋友们，主要坐在班里的后三排，擅长干坏事。而我自己,很快被识破,被调到倒数第二排。她的朋友是另一群:班长、各科课代表、考试前五名,他们都坐在第一排,连第二排的都没有。这是两种阶级,划分标准是分数和老师的宠爱。我们好像天生就明白这些道理,在班级里小心翼翼地保持距离,以维护晓冰所属阶级的尊严。当然,我的阶级也有尊严,我们的尊严就在于有自知之明,不讨好,不与他们来往。我跟晓冰的友谊,在两个阶级都是叛逆。

寒假结束了,但春天还没来。教室里仍然冷,后门框上缺了两块玻璃,灰蓝色的风从那里吹进来,比野地里的还要刺骨。写字时,仍然写得歪歪扭扭。手指头还是生着冻疮,变成丑陋的暗红色。班里流行挖开课桌下的地面,抹好泥巴,放一块快烧完的炭,再封上。脚搁上去,就有微弱的热气,从脚掌心一直上升到小腿。取暖运动被镇压后,教室的前面多了一个小煤炉,恒常坐着一个装满水的铁茶壶,用以取暖。这个煤炉被迅速利用,班里开始流行开餐厅,有琼瑶餐吧、海洋饭店、好美丽饭馆。放学后,我们轮流用煤炉做饭,从屋檐下摘一根透明的冰凌,搁到搪瓷茶缸里,放上白糖,烧开就是一杯热糖水。菜谱还包括煮面条、糖炒芝麻。我们严肃地做饭,扮成自己的爸爸妈妈,也轮流当对方的爸爸妈妈。这一切都与取暖有关,与食物有关。我们即使在过家家时,也是一批现实主义者。

我呼朋唤友干这些时,晓冰总是一个旁观者,甚至不屑于批评。我们的友谊建立在文学之上,那跟这些都不一样。

"我现在总希望我们两人在一块合写一部大型的小说。如果你也有意,这星期六好商量。晓冰。"她板着脸给我们发英语作业本,给我的纸条,就夹在作业本的第一页。

周日,我找她共商大事。晓冰家是一个幽深的大院子,她一个人住在二楼,有一间书房,一间卧室。她的书房里还有个绿沙发,盖有钩织着硕大荷叶的白布——这也是罕见的,在宝城,沙发是父母客厅里的摆设,与孩子无关。在她家时,我们蹲在沙发上,用白布盖住头,假装是两只小鸟,躲在谁也看不见的巢穴里,我们的乐趣就在于不停说话。

"你妈妈太宠爱你了。"我说。

"那当然。你妈不爱你吗?"

那不一样的。晓冰从来没挨过打,我也没见过她妈妈出去打麻将,或者把家里弄成麻将场。晓冰的毛衣从来不像我们的那么臃肿,她的虽然也是妈妈自己打的,可是手工精巧,颜色多半是鹅黄和淡绿,真正像一个小姑娘的颜色。晓冰的妈妈是五年级的语文老师,她像电视剧里的妈妈一样文明,从不大声呼喝。在家里,她一会儿送盘水果,一会儿端两杯茶,一会儿拿小点心给我们吃。每次脚步声一响,晓冰跟我就赶紧把白布铺好,两个人装着念英语,像地下党一样。她妈妈从楼上下去后,晓冰总久久倾听,直到楼下房间的纱门咣的一声响才罢。"我妈可会偷听了。"她说。

有一次,我在晓冰家待得太晚,她们不放我回家,我就住下了。临睡前，洗脸洗脚，她妈又拿出来一个小盆，里面装着温水。晓冰犹豫一下，端起来去了洗澡间。"这是你的。"她给我也拿了一个，"每天都要洗屁股，女孩儿家要讲究卫生。"我端着小塑料盆，觉得窘极了。我没有见过晓冰爸爸，我们也从不提他。我模糊地觉得，虽然不挨打，但晓冰也很可怜。不过有的时候，特别被我爸猛揍以后，我就想，没有爸爸也挺好的。

那天晚上，我们睡一张床。睡下之后，我们俩好久没有说话，后来晓冰叹了一口气："现在你还羡慕我吗？"她莫名其妙地说。

"羡慕。你妈妈对你真好。"

"可有时真希望自己是个孤儿，无父无母，谁的情也不欠，浪迹天涯……"

"你三毛看多了。"我嗤笑。

"你不懂。"她闷声说，声音像是从枕头底下发出来的。

我快睡着的时候，听到她小声问我："你睡着了吗？"我迷迷糊糊地"嗯"了一声，她声音小得几乎听不到："小路，我真希望自己是孤儿呀。我可羡慕你了。"

这是什么话，难道我是孤儿吗？她有两间屋子；我呢，连床都要跟姐姐睡一张，什么隐私都没有。像冬天，我们盖一条被子，如果并排睡，我身体的左边和她的右侧都会漏风；如果我们都向右，我的前胸和她的后背之间，就总会有块被子掖不紧；如果那里掖紧，我的后背又会凉飕飕的。"你妈妈多关心你。我留下来住，她就换一床大被子……"我说。

"我妈还坚持要我冬天跟她睡呢。我脚凉,她爱把我的两只脚紧紧贴在胸口给我捂……太可怕了。"晓冰把她的脚离我更远一点儿,弄得被窝有点儿漏风,"她很胖,胸口鼓囊囊的,真恶心。我洗澡,她都一定要给我搓背。我也没有隐私。可是你妈不会永远都在窥视你,想知道你在想什么,连你洗澡都不放过。你比我强。我要是孤儿就好了……"

那天我们说了很久,最后我都睡着了,也不知道自己都说了些什么。虽然被子又大又软,可天亮后,我的脚仍是凉的,她的也是。

过完寒假不久,我又转学到英才。爸爸来学校,用自行车驮走了我的课桌和板凳。我扶着桌子腿,慢慢地跟在后面走。晓冰不在,她去参加英语比赛了。这时候已经是春天,河堤上的桃花应该都开了,再过两天,连杏花和梨花都要开的。梨花是白的,杏花是粉的,桃花是红彤彤的。我今年还没跟晓冰去过一次河堤呢。自行车驮着我的大课桌,沿着与河堤相反的方向,越走越远。白铁皮桌板,在自行车后座上咣啷咣啷响,像只大白鹅一路叫。

2. 很多很多的秘密

"听说英才现在练武成风。大概你已经忘了我们合写小说的计划了吧?九一年三月三十日,晓冰。"

"我们已经有两个月没见面了。你在英才是不是又有了好朋友？我还是你最要好的朋友吗？九一年五月十日，晓冰。"

"或许人一长大，就会变得太大了，对什么都不感兴趣了。小路，等放暑假我们还像以前一样，好吗？到时，我们穿着裙子，拿着课外书，一起去玩。我还要领你去一个有回声的地方，你只要轻轻说一句话，哪怕随便'嘿'一声，都会从远方传来回声。那个地方夏天风很大，旁边还有坟地。到时我们带上黄瓜、番茄、汽水，像旅游一样。九一年五月三十日，晓冰。"

"来我家的客人中，有个长得道貌岸然的中年妇女。有次见我看课外书，就说起她女儿升高中时，不准摸杂志不准看电视不准跑着玩，直到考上大学为止。我真想给她的茶里下毒！现在我妈也控制了我的娱乐。最倒霉的是，她不准我再给你写信，更不准我去找你。我现在只有周六能看一小会儿电视。上星期正大剧场放的《孤儿流浪记》你看了吗？看得我是眼泪汪汪的。我也是个孤儿呀。这是这学期最后一封信。别忘了我，晓冰。"

"李大路，你考去哪儿了？我的分数很可怜，只上了卫校，在P市。你赶快给我写信，我在这里一个朋友也没有。对了，写信时，你可以写'李冰儿收'。如果不是要上卫校，我妈是绝不会同意我用我爸的姓的，我趁机把名字也改了，你写李宛冰、李冰儿，都能收到。我在这儿，父母离婚的事儿，从没对任何人讲过，你也不要对你的同学说我的事。我爸爸来看过我。你知道不知道，我长得可像我爸呀！都是头发有点儿自来卷,眼皮都是薄薄的单眼皮,脸圆圆的。他大我三十岁,今年都四十五了。我们第一次见面很戏剧化。当时,我到传达室去领信,一个很高的中年男人站在门口,手里拎个公文包。我还很热情,问他找谁。他说找九二级护五班李宛冰。我很吃惊,说我就是。爸爸立刻就说:"你都长这么大了!爸爸终于见到你了。"我'哇'的一声就哭了起来,扑到他怀里,哭完了还问"你到底是不是我爸爸"。后来,我们到旁边的公园散了好长时间的步。我今年一米六,才到他肩膀边儿。我们说了好多话,他现在在这里的一个大单位当头。他给我一百元,我死活都不要,他就拿走了。过几天,又给我汇过来了。李大路,这些事我只告诉你一个人,你可千万要替我保密!否则,传到我妈那里,她非打死我不行。九二年十二月二十九日,冰儿。

"又及:小路,黄玲玲也在我们学校。她给你的信,被传达室直接退给我了。我拆开看,她就写了几个字:'今年我要博大胸怀,心怀蓝天。'她是你在英才的好朋友吗?"

"小路,告诉你一个秘密,千万别对任何人讲。去年军训时,我们排长曾经当众训过我。没想到,军训结束后,他给我写了好多封信,说很喜欢我,可是部队纪律很严,拖到现在才对我说。他信上这样说:'我现在正式提上排长,按部队纪律,找朋友已经可以了。我知道你还很小,但我不能不告诉你。虽然你并不算太美丽,但你长得吸引人,可爱。我也曾想过,我毕竟大你十岁。你今年才十五岁,我都已经二十五了……'我看了很吃惊。小路,我该怎么办呀?这是我生平第一次接到求爱信，我不敢保存，看完都烧了。九三年一月十日，冰儿。"

"小路，我给你寄的一套《楚留香》你收到了吗？上星期我回家，到我三姨家去玩。三姨说过，她们的东西都搁在外面。我骗小乐乐说院子里有蚂蚁搬家，把他支出去。我开始翻，看能不能找到什么东西。翻了半天也没看到零用钱，倒是在梳妆台上看到一本《楚留香》第三册。我又去翻床上，枕头底下还有两本。我想，李小路不是很爱看武侠书吗？我又仔细找了一遍，终于在橱柜里找到最后一本，包到衣服里面，骗过小表弟，带了出来。到邮局给你寄时，管邮包的老头非要我五块五邮票，我哪有那么多钱啊，就苦苦哀求。他不知道哪儿来的邪火，训斥我不好好学习。我大声说：什么课外书，这可是马克思！于是他让我贴了四块钱的邮票就通行了。这包书来之不易，花了我好几天的伙食费，你可千万要查收。九三年三月三十一日，宛冰。"

"《楚留香》是我骗你的。愚人节快乐。九三年四月二十日，宛冰。"

"不记得我是从什么时候开始不吃饭的，总之，挨饿的时间有几周以上了。开始，我体内还有脂肪，还能提供活动需要的能量。可是，后来我渐渐觉得不行了，身体日渐消瘦，而且经常感到头昏、没劲，整天无精打采。可我一点儿都不怕，还暗暗高兴，因为节食不仅可以减肥，省下的伙食费还可以买一件好衣服。这种日子过了一段时间，老天，我实在坚持不住了，心里经常想那些好吃的。有一次放学后，我去洗脸间，五楼没水，只好到四楼。刚到四楼,就看到楼梯口一块很干净的地上躺着一块黄澄澄的炸馍片。天哪,我当时只想立即把它拾起来吃了。我已经饿了四天。它躺在那里,那么安静,那么宁祥。我看四下里没人,立即弯腰拾起来,把它放到脸盆里用毛巾盖上,然后大摇大摆地走到水龙头前,把脏的地方扔了,干净的就给吃了。自从第一次拾吃后,每每经过楼梯口,我都会条件反射似的到处乱看。四月底的一天,终于又遇到了。这一次更加偶然,事实上,我根本还没想好非要吃东西呢。在五楼,我端着脸盆、牙缸去洗漱,看见通风窗口上放了半个馒头,它很白,看不出是硬是软。我看见它,心里有种异样的感觉。我这次很踌躇,故意在五楼与四楼间来回地走,后来心一狠,拿起它就往三楼洗脸间跑。因为三楼是九一级的,她们不认识我。我大胆地吃。这半个馒头很是可笑,拿它时,手感很硬,可是里边很软。由于好长时间没有吃过东西,所以吃起来觉得很甜。我嚼得很慢,把淀粉里边的糖全给嚼出来了。吃完了,我刷刷牙,洗洗脸,回五楼睡觉。第二天醒来,觉得头不是多昏了。

"我们宿舍的东西,只有在实在坚持不住的情况下,才吃一点点。一次,A的面包放在柜子里,每天放学我都提前上来,偷吃一小块——不敢多吃,害怕她发现。如此,大概合起来吃了小半个,那面包居然长毛发霉了,A把它给扔了。多可惜呀,把毛整干净,照样吃。后来,我还偷偷地吃了一点儿咸菜、剩馒头,但每次只能吃一口,因为我害怕她们发现。这种拾吃不知还有多长时间,我不想让它结束,感觉在和别人捉迷藏。

"又及：这次写信，算上这篇'拾吃记'，我给你写了八页纸。你的回复不得低于这个数，否则我们就绝交。九三年五月二十九日，李宛冰。"

"我在这儿和一个女生很对脾气，她叫吴云岚。她又高又瘦，我又矮又胖，走在一起非常可笑。她脾气豪爽，我伙食费花完了就蹭她的饭吃。我是在蹭完所有女生的饭之后才发现她的饭最好蹭，只要你把碗伸到她面前，眼巴巴喊一声'师傅'就行。我每天早上起不来，打不到热水，都是她帮我打。我们很要好，但你不要吃醋，没有人能走进我心里只属于李大路的地盘。她也爱好写作，你俩可以相互通信，认识一下。六月一日，冰。"

"路路，我现在跟你商量一件'终身大事'，就是将来我们俩都独身，一辈子不许结婚。你一定很奇怪，我怎么会想起这么一件事。主要是有一天晚上，吴云岚告诉我一个秘密，她有个姑姑，在医院妇产科，一直独身。当时，她讲了一大堆独身的好处，我都听入迷了。这之后，她问我：'宛冰，你将来独身吗？'她这句话，使我心血澎湃，当即表示以后绝不结婚。小路，你想想，结婚到底能有什么好处？至于独身的好处，等放暑假，见了面我细细告诉你。六月十五日，冰。"

"小路，你多久回一次家？我几乎每星期都回去。有一次因为路费花没了，回不去，还在宿舍里哭了一天。前几天我妈来学校看我，医生说我的植物性厌食症需要治疗。这次妈妈带我回来，会待时间长一点儿。你写信可以往我家里写。以往我一星期不能回家,都觉得焦躁不安,这次兴许是要待很久,忽然感觉家里变得狭小,又小又旧,家具上都蒙着一层土。走动时,到处都磕磕碰碰,今天我在洗澡间又磕破了头。我妈为了欢迎我回来,在我的房间里摆了一大束色彩俗气的塑料花,我觉得十分难看。她又拿出我小时候最喜欢的玻璃小摆件,里面头并头地坐着两只小猫。这次看到,我打个哆嗦:你想想,一睁开眼就看见两只小猫的干尸,微笑着坐在你枕头边。有时想想真可怕,我好像已经老了,看什么东西都不会觉得特别高兴。九月二十七日,冰。"

"我又回学校了,跟我妈说要考试。其实是我受不了再待下去。可是到了学校也不习惯。考试时每个人都抄,就我不敢,考得很差。现在老师一见我就说:'李宛冰,不要再蹉跎岁月了。'我觉得学校的生活非常虚伪,恨不能马上退学。九四年元旦,冰。"

"马上要毕业了。我好像从来没有来过这儿,从来没有学过任何东西,也从来没有见到过我的爸爸。我该回家了,姥爷和我妈给我跑断了腿,也找不到一个单位愿意接收我,妈妈很伤心。你还进行文学创作吗?你总是夸我去年暑假的《茉莉香茶》写得好,随信寄去一本《张爱玲小说集》,你看完这本书,也会写得很好的。九四年四月二十九日,冰。"

"小路,不要相信我以往给你写的那些,我都是在伪装。同学们说我:李宛冰可邪性了!这才是真的。九四年五月十九日,冰。"

3. 少女哪吒

两三年后，夏天的一个早晨，四点来钟，我还在睡觉，听到有人拍我家的大门，狂喊我的名字。我想这一定是做梦，想继续睡，可楼下的爸妈也听见了，他们坐起来，跟我一样竖起耳朵。那个声音又喊起来，啪啪地打门，像要把整个沉睡的宝城都喊醒。我感觉像是认识的人，就爬起来，十万火急地开门，脸也没顾上洗。

是晓冰，我们好长时间没见了，从她回宝城实习以后。但是我总能收到她的信，有时是邮递员送来的；有时是以往同学捎来的；有时，是从外面一进门，看见一封没贴邮票的信就扔在地上。我习惯了她的信的神出鬼没，像一个随机事件出现在我的生活里，就像有的姑娘习惯了有一个漂泊不定的男朋友一样。

她跟我记忆中的王晓冰是多不一样了啊。她以前总是扎一个马尾，露出饱满的额头，月亮一样皎洁。现在她是短发，被风刮得像草一样蓬乱。她眼睛里那层喜气洋洋的神气不见了，看上去，她并没有在看我，而像在眺望远方，像匆匆忙忙急着去一样。她极力想显得平静，跟往常一样，还拿出一袋黄瓜和西红柿，跟我一起吃。我让她到我房间，她拒绝："不，我们就在这儿聊一会儿。我是来跟你告别的。"她至少有三封信是抱怨实习的无聊：每天都给人做妇科检查，给妓女点尖锐湿疣。

这简直让人发狂。她偷偷参加了自考，考上郑州的一所医科大学。被妈妈发现，把三个舅舅都叫来批斗她。她坐在"包围圈"中，一句话也不说，阴沉得可怕。妈妈为了给她找工作，花了上万元，好容易有点儿眉目。她最伤心的是，女儿为什么一定要离开自己，如此无情，像一个仇人。晓冰被关了起来。

天刚亮，天空堆满灰蓝色的厚厚云朵，像画册上暴风雨中的大海。我们坐在我家的木头门槛上，上身来回地晃荡。门槛又高又厚，晃来晃去嘎嘎吱吱地响，犹如一条破船。

"我今天就走。"她说。

"学费怎么办？"

"我找了我爸。"

她是前天去的，蹬自行车。那天刮风，她迎着风疯狂地蹬了四个小时。P市是煤矿市，她进屋的时候，头发上衣服上眼睫毛上，全是煤灰。她爸爸很吃惊，赶紧把她让进屋洗脸，她握车把的手被风刮得通红。

晓冰洗完脸，在洗手间里镇定了一下，走到客厅。她准备好了所有的话，要跟爸爸说。爸爸会理解她的。爸爸要亲切得多。这时候，从卧室里走出来一个女人，还有一个小男孩。那男孩长得一点儿也不像爸爸——爸爸高，可是男孩却又矮又胖……他是她的弟弟。

后来，爸爸答应给她第一学期的学费，她明白自己叫他为难了。从爸爸家出来，她站在风里，哭个不停。

这件事，到底没有保守住秘密，妈妈也知道了，叫来两个舅舅，三个人一起打了她一顿，昨天晚上打的。今天天不亮她就跑出来了，什么也没带。她不会再回家。姥爷身体不好，妈妈的日子很难——在宝城，嫁出去的女儿不兴分遗产。妈妈可能要搬出大院子，像宝城最贫贱的少数人一样，住出租屋。她是带着可怖的狂暴神气打女儿的，像打这世上最凶狠的仇人。

"我现在，真正是个孤儿了。"说这话时，她带着思索的表情，仿佛在思索自己这句话的真正含义，仿佛她饿坏了，全心全意地嚼着嘴里唯一的一块馍，要把那馒头里所有的糖分都嚼出来。

她劝我也去考大学，我没吭声。从小到大，我跟她都长颠倒了。晓冰在三好学生乖乖听话的外表下，有着胡思乱想狂暴不羁的东西。我呢，一直是个坏学生，可是内心里我却懦弱、怕事。直到二十多岁时，别人一举手，我还下意识地想挡避，总以为要挨打，总想有个权威来领导我。这个权威在初二时是晓冰，后来又换过很多人。

晓冰后来的事情，我是听吴云岚说的。她把吴云岚也鼓动得去了郑州，跟她上同一所大学。晓冰一到学校，就急着找兼职，她找到一份在酒吧当服务生的工作。别人都是打车上下班，她骑自行车。去上班时，她总是把化妆品和衣服都塞到一个旅行包里，斜背到肩上，匆匆忙忙地骑过去。有一次是大风天，外面飞沙走石。她心急火燎地赶到，领班斜眼一看，笑起来："你自己去照照镜子，头发像疯子一样，谁还敢让你服务。"

我想，这个服务，是什么性质的服务？但我难以启齿去问吴云岚。

晓冰很少在寝室,也很少上课,老师几乎不认识她。她总是在外面擦掉口红,跟同学们说,她在哥哥家吃过了饭。她给自己虚构出一个庞大的家庭,有哥哥、嫂嫂、侄子、爸爸、妈妈、爷爷、奶奶……可在学校,如果不是吴云岚,她就一个可以说话的人也没有。而吴云岚,如果不是在卫校就认识,现在也不会跟她做朋友。"她变得很奇怪,总是心事重重,也不知道她在想些什么。"

很快她离开了酒吧。后面两年,她的兼职听上去令人恐惧。在她常去的一家职业介绍所里,在她的那一页,备注栏里写的是:医学院学生,擅长干与死人有关的工作。快毕业时,她在一个丧葬一条龙服务店里工作,给死人化妆。找到这个工作,晓冰很是高兴,因为收入颇高,且没人跟她竞争。吴云岚说,大家开始躲着她,因为她身上好像老是有股味,挥之不去。"小路,你没有见到现在的宛冰,跟她几年前判若两人。如果说穷,大家都是学生,都没什么钱。如果说为找工作发愁,那谁不发愁?可是她格外不一样,连说话声音都变了。有时候给她打电话前我都害怕,那是一个像石头一样硬邦邦的声音,总是在赶时间,挂电话就像用刀子切。你劝劝她,让她别那么操心,车到山前必有路,国家不会不管我们的,就算国家不管,还有家里人,她妈妈难道真狠心看着女儿饿死吗?我不相信会有这样的母亲。"

我却明白晓冰。她像哪吒,剔骨还母,彻彻底底地自己把自己再生育一回。只是她能力有限，没办法把自己养育得更好。

毕业后，吴云岚回到P市。她也跟晓冰一样，曾试图留在郑州，但她俩把自行车都蹬坏了，也找不到一个单位能接收。她回到P市，妈妈给她托了门路，进到市第四医院实习。晓冰下落不明。

其实大学期间，晓冰跟我也一直通信。如果只看她的来信，会觉得她的大学生活快乐无比。甚至教材升级，她用刚发到手的钱买本科教材，都觉得愉快。她说，这是她一生中最好的时光。她反复鼓动我也考大学。后来，我果然因为一个莫名其妙的原因，到外地上了一所莫名其妙的学校。

吴云岚回P市之后，很长时间，我既没有她的信，也接不到晓冰的。我几乎要怀疑，吴云岚也许根本就是晓冰虚构的。一年后，我自己也快毕业的时候，忽然接到晓冰的来信。

"毕业一年，一直没有给你写信。小路，你还好吗？我现在在石家庄，在一个化妆品公司做美容师。毕业后，所有的同学都回家了，最后，连吴云岚也走了。我一个人在郑州待了大半年，暑假还可以住在学校，后来慢慢往最远的地方搬，往最便宜的地方搬。我曾经一个月只花一百元钱，包括七十元的房租钱。一块钱就能过一天：买半斤面条，在楼道里顺别人一两棵大葱，放油里煎一煎，煮二两面条，就是一顿好饭。我还能省出几块钱给手机充钱。我又开始像'拾吃记'里那样生活，看见什么就赶紧捡起来。但无论怎么省，钱还是花完了。

"石家庄是个寒冷的城市，十一月份就要穿羽绒服。我在这里住宿舍,跟另一个女孩住一起,宿舍里有暖气,洗澡要到外面。这里的人对我很好,直到现在,我才稍微缓了过来。他们对我的终身大事都很关心,总给我介绍对象,最近的是一个三十五岁的中年男子,秃头,有房子,有工作。在大家的天平上,一个外地的二十多岁的临时工,跟一个三十五岁的秃头但有稳定工作的男人是很般配的。我没什么话说,只是不想得罪人。"她的字草草地写在美容产品提货单上,字写得很大,钢笔戳破薄薄的纸张,把下面的信纸也洇了成蓝色。我替她觉得寒冷,也有些不满:她为什么不去一个好一点儿的城市?石家庄,听上去就冷冰冰的。为什么不去成都、丽江、洛阳、上海?就连青岛,听上去也比石家庄更令人向往。我们俩已经二十多岁,仍然没见过大海。真是的,为什么不去青岛呢?

　　再后来,我已经不记得她是怎么找到我的新地址,给我写信。那时,我像她一样,先是住在学校,然后往郊区搬,往最穷的地方搬,直到找到一个临时工作。两个月后,拖着箱子往北京跑。在这一长串分崩离析的搬迁里,我不知道为什么还能收到她的来信。就像我从前在老家时,推开门,总是发现地上不知什么时候扔了个白信封,没有邮票,皮儿上用水彩笔画着花、云朵,或者鸭子,或者随便什么动物。

　　"亲爱的小路,上个月我回家了。妈妈手足无措地欢迎我,姥爷还在。为了欢迎我,来了一大家子,他们老问我怎么还不结婚,我不爱听。我到外面逛,我家门口以前都是农民的地,种着西红柿和黄瓜,我出门时总是顺手摘几个,带到学校跟你一块吃,又新鲜又解渴。现在地都没了,变成了大马路,我觉得我不认识宝城了。第一天回到家还很高兴,三天后,我感觉每一天都一样,一样沉闷,一样没有变化,一样让人发疯……就像我现在的生活。我又跑回去了。回去,指的是回石家庄。我现在用词很混乱。

"你还记得那个秃头男人吗?别人刚给我介绍时,我想,我该克服恐惧,试着跟男人交往。但现在我决定一辈子独身。独身有独身的好处,我不欠任何人的,任何人也不欠我的,就是我自个,像一根棍子或一棵树一样竖在田野里,这样倒干净。我想起在卫校时,我曾经跟吴云岚彼此承诺,一辈子不结婚。她现在好像已经快要生小孩了。你呢?

"最后,告诉你一个秘密。我抽烟了。你千万别生气。高兴时,烦心时,无师自通地就学会了。你别告诉别人。"

晓冰的信里,总是有很多秘密,这最后一行,又让我看到了她的样子——马尾高高扎起,露出鼓鼓的额头,像月亮一样皎洁。一双喜气洋洋的眼睛,说话时喜欢故作神秘地贴在你耳朵边,告诉你一个又一个秘密,最后切切叮嘱:不要告诉别人。

这是我收到的晓冰的最后一封信。

尾 声

好几年后,有一次回家过年。那年我三十岁,北京的生活刚刚告一段落。我厌倦了文学，厌倦了工作，厌倦了北京，厌倦了混乱不堪的生命本身。我整晚整晚地不睡觉，思考着问题，时常感觉生命就像一根灯绳，禁不住轻轻一拉。那年春节，我提前回了家。宝城沉闷不变的生活节奏，这个时候变得吸引人，像一个柔软的枕头吸引瞌睡的人一样。

宝城的生活跟十年前没有什么两样，只是每个人都变得衰老。对于我的长住，爸妈欣喜无比。我每天看书、吃饭，没有人问我：你干吗回来这么早，你还走吗？

烦闷的时候，我独个跑去河堤上散步。那是十二月底，天气冷下来，可还不像春节前后那么酷寒。晴天时走在路上，走热了，还有一点点春天的感觉。不知何时，河堤被砌成水泥城墙，当年的桃树、杏树、梨树、苹果树，都无影无踪。在昔日的乐园处我茫然徘徊，忽想起来，小时候总是偷农民的果子，那些颜色发青的桃和杏子都不能吃，咬开一点儿皮，舔一下都受不了，都随随便便地扔掉。我应该让它们留在枝头，慢慢长大，成熟，变甜。不知为什么，这点儿小事一次次兜回我的意识，挥之不去。以前我没有注意，河堤附近是很宁静的，只有北风肃肃地刮过小树林以及许多的坟。过了三点钟，阳光刚转薄，空气就冷起来。我走下河堤，慢慢往回走，路过一个岔路时，被迎面一个人叫住："这不是小路吗？！"

半天，我才反应过来，是晓冰妈。我犹豫着叫"王老师"。她的头发花白了，没有染，梳得很齐整。她穿得还是很整洁，围一条深灰色的大围巾。看上去，她很高兴见到我，非拉我往她家里坐坐。我稀里糊涂就跟着去了。

她还住在原来的大院子里，院门重盖过，以前精美的砖雕瓦雕换成了高耸的大铁门，两边贴着棕色瓷砖。这一带所有的院门都是这样，如果让我一个人再来，一定找不到。

她直接带我上二楼。二楼楼梯从墙根裂起，一直到上面，裂出一条大口子，用粗铁丝跟楼上的水泥柱拴在一起，看上去挺危险。楼梯栏杆以前是天蓝色的，掉漆处，露出深黑色的铁锈。书房倒一切如旧，绿沙发还是擦得干干净净，整洁如新。不仔细看，几乎看不出扶手上搁胳膊肘的地方破了一个洞。就连这个洞，也是我跟晓冰玩闹时戳破的。白色盖布还是整整齐齐地盖在上面，白底儿上钩着硕大的碧绿荷叶。

带我进了这个房间后，她好像完成了任务，也不说话，只是看着我。我尴尬地站起来，走去看书架，那里全是晓冰上初中时的读物、上卫校时的课本。这些毫无价值的书全被包上干净的书皮，书脊上写着书名，一本挨一本地站着。

"我知道你跟晓冰很要好。"晓冰妈妈开口了，声音粗粗的，"后来她就不回家了，我也见不着她。"我想，糟糕，她要抱怨。我下意识看看门口，她跟着我的视线也看看门口："我不是让你叫她回家看我。她不愿意有她的道理。我都明白……我只想让你跟她说，别不结婚。你们现在年轻，能踢能咬，还体会不到。等老了，还有无数日子得过呢，身边一个人也没有，那是很凄凉的啊。你生病躺在床上，也没人给你递个水；你走不动，你就是真走不动，也没人能搀你一把，到时候后悔也来不及。你千万劝劝她，得结婚，人总得有个伴。我给她准备好了所有东西，你进来看。"她力气很大，一下就把我拽到里间。这是一间处女的卧室，空气里有股混合着肥皂味的淡淡香气，好像有个乳臭未干的小姑娘刚刚离开一样。单人木板床上铺着薄薄的褥子，坐上去硬邦邦的，坐久了屁股硌得慌。很难相信我们曾挤在这上面入睡，并且感觉它宽阔无比。床单是蓝白格子的，枕巾是鹅黄色的，到处都一尘不染。只有四面墙壁曾经也是白的，但现在发黄发暗。看到我的视线，晓冰妈妈露出愧疚的神色。她尽力维持，也不能做到完全不变，一切如旧。

　　她掀开墙边的立柜，里面都是布料："你看看，这个红颜色，现在找不到这么正的红了。这是给她结婚用的被罩，上面的刺绣是苏州绣娘的手工绣工，现在都是机器做，手感不一样的。布我早就买了，早二十年就买好了。还有这一块，平时可以在床边铺一铺——床边老有人坐，容易脏。这种布现在买都买不到，是手工粗布，冬天也不起静电。你看看，"她掀开另一个柜子，表情神秘，"我连小孩一岁到三岁的衣裳、肚兜、棉袄，还有鞋都做好了，男孩一份，女孩一份。只要她生孩子，什么都是现成的，什么都不用操心。你劝劝她，千万得劝劝她。"

　　窗帘是拉开的，窗户朝南，回光反射的太阳光蜂蜜般地淌进来，铺满大半个房间，一直到墙跟前才站住脚。房间里一半明亮，一半暮色。那些布料放了很久也没有褪色，在木柜的深处，在苍苍暮色里，散发着丝绸锦缎特有的绮丽光泽，像是那里存着许多奇珍异宝一样。小孩的裤子在最下面，衣服在上面，小鞋子在最上面。鞋面鞋帮绣着图案，女孩的绣凤凰，绣牡丹，绣荷花，脚尖还系着一个毛茸茸红绣球；男孩的绣龙，绣狮子，绣狗，脚尖做成虎头样，威风可爱。它们似乎随时会活过来，自动跳到地上，一排排朝我走来。

　　我很快就离开宝城，开始了另一个阶段的生活。我跟晓冰的联系早已中断，我没法转告她任何事情，而且我自己也仍单身。但那天，我只是点头，一个劲地点头，把托付答应下来。也许我还在盼望，或许哪天，我忽然会收到一封信——晓冰不知从何处得到我的地址，重新给我写信。或许哪天，我回到我现在南方的住处，发现有信从门缝里扔进来，就扔在地上，没贴邮票。十二岁时，我们频繁写信，相互许诺：没有人能替代你在我心中的位置。我们跟同龄的女孩子们写这种信，宛如恋人，但并不当真。直到现在，我才发现那一块位置依然空着，好像在等待一封信来把它填满，好像在等待一个人的出现，来证明我并不是从石头里蹦出来，生命直接从来北京的二十四岁开始。我相信我对晓冰的生命，也是这个意义。或者不，我不知道。这都是秘密。

2011年2月22日，绍兴

　　绿妖，县城青年，在京十年，现居绍兴。做过工人、时尚杂志编辑、电台主持人等。曾出版随笔集《我们的主题曲》、小说集《阑珊记》、长篇小说《北京小兽》。

辛德瑞拉之舞

张天翼

我朝我丈夫的方向翻身六次,朝没有他的方向翻身六次。

翻这十二次需要两小时,一百二十分钟。这还是在我极度克制翻身欲望的情况下。我总对每次翻身寄予可怜又空洞的期望,盲信着睡眠这次会在另一边等我,直到第十二次。

失眠该从何时算起?答:从你身边的人进入睡眠开始算。有了对照组,才有了"失"。我抚摸丈夫的身体,他睡得像一座倒下来的温热的雕像,像一场捉迷藏游戏里乖乖闭目默数的捕捉者,像等待大利拉刈去头发的参孙。我的手指穿过他卷发,在头皮上滑出吱吱声,又溜到他后颈,揉压他胡桃色的皮肤,寻找刽子手最爱的那条能落斧子的骨缝。

他全无知觉。

每次失眠,都是一次被遗弃,我被独自遗弃在几厘米外的深渊里。

人在失眠的时候,脑子会像一台无法停止的坏机器,不断把做错的选择、说错的话、口角时的诅咒和追悔莫及的时刻循环播放。他对此大惑不解:脑子是你自己的,你为什么要想?你忍住不想,不就成了?

在他看来,该不想的时候忍住不想,就像憋尿一样自然。这就是为什么不能谈论痛苦,因为痛苦无法交流。断腿人无法理解独眼人。

滴滴踏哒,滴哩踏踏哒——这是什么调子?在哪里听到的?像个失灵的音乐盒一样不断重复;今晚有蓝月亮,咱们夜里去看吧?是月亮变成蓝色?那倒不是,蓝月只是种说法,当一个季度有四次满月,第三个满月就叫蓝月亮。既然蓝月并不蓝,那有什么可看?滴滴踏哒,滴哩踏踏哒;刚才你给侍应生的小费又给少了;你脱胸罩的时候能不能拉上窗帘?……

我每翻一次身,旅店床单的温度就增加一度,失眠本身有一种魔法,如果人不能获得睡眠的神光庇护,黑暗里的精怪就围拢上来,愉快地拿人的焦躁开宴大嚼。它们那些看不见的手,像栽花一样,把钉子一根根栽到我和床单之间。翻到第十二次,我身下已经是一块滚烫的钉板。作为背景音乐,我丈夫在梦中发出各种无意义的声音,吹气声,吸气声,哄小孩撒尿那种嘘嘘声,奇怪的烧水壶似的噗噗声……

他侧着脸，脸上皮肉轻微往下掉，容貌开始有屈从地心引力的趋势。他鼻梁上戴着丝绸眼罩。除了拉下眼皮的卷帘，外面还要加一层绸缎防盗罩，严防任何光线或人，盗走神圣的睡眠。

也不能说他没尽过心。我失眠的最初几年，他也曾积极寻找助眠香薰，催眠音乐，安睡枕，甚至半开玩笑地在床头贴过文字如蝌蚪的符咒。我们还能鉴赏它带来的一点烦恼。后来关怀像所有必将终结的慈善一样结束了。他说，总强调这件事，反而助长它的气焰，如果不做心理暗示，也许会好一些？

于是，我跟他都装作这件事不存在。

然而它就在那里，重视它或忽视它，它才不理会。它像虫找到了最甜的苹果，安安稳稳地在中心盘踞下来。苹果外表依然红润，但苹果知道虫在。

他也知道，所以不愿咬下去，紧邻它之前的夫妻娱乐节目也失色了，不管体位是俯视或仰视，他总能看出我眉间对睡眠——对被遗弃——的忧虑。就如博尔赫斯说的：不仅是干渴，是干渴和对干渴的恐惧使日子难以忍受。

——不仅是失眠，是失眠和对失眠的恐惧破坏了一切。

后来，我又对这次庆祝结婚六周年的旅行寄予厚望。我以为异国会让它水土不服，以为长途跋涉会消磨它的法力，以为这个海滨城市的潮湿空气会让它翅膀滞重，至少打个盹，放过我。飞机上我靠着舷窗睡了两个多小时，醒来看到我丈夫的目光，像王子吻醒睡美人之前满意地鉴赏着。

但入住旅馆的第一夜,我还是失眠了。然后是第二夜,第三夜。

我在去参观海边悬崖巨石的大巴车里睡得口水四溢,在十七世纪教堂著名的天顶画下面发出不雅的小呼噜……

就是没法在床上睡着。

他的一呼一吸仿佛潮汐,我像一只搁浅的螺,眼巴巴望着面前不远处潮水的湿渍。我望着我的丈夫,望着平静而掩藏一切的海面。

他轻松地翻过身去。我望着这个把受伤战友扔在战壕里的背叛者的背影。

旅店房间墙上古董钟咔嗒一声,那是时针分针拥抱在一起的声音。午夜十二点。

我慢慢坐起来,好吧,我放弃了。

我放弃了,一旦跟自己说出这句话,浑身一轻。

猛地坐起身,有点头昏目眩,像从一种黏稠的处境里挣脱出来,不过脚底一踩到床边毯的硬毛,心里好过多了。我站起身,床的弹簧紧跟着我的臀部,弹回平面。

滴滴踏哒,滴哩踏踏哒,脑子继续回响这个调调。我在心里哼着它,想起这是作坊街一家店铺里放的音乐,白天我和他路过,进去转了转,什么都没买就出来了。

我赤脚走到衣柜前,连胸罩都懒得穿,胡乱抓一条波点连衣裙钻进去。鞋柜的柜门每次打开总是发出极刺耳的声音,算了,我弯腰拎起旅馆的塑料拖鞋。

开门出去之前，回头看一眼床上人在被子里制造的隆起，终于，这次轮到我遗弃他了。

一出门，我把鞋子扔下，趿上。走廊里的灯光发绿，绿得可爱。午夜十二点过六分，一个失眠人该干点什么？我拥有整个夜晚。我可以干一切我丈夫不感兴趣的事，比如，去海边看蓝月亮。

我从电梯出来，距离门口几步的值班室里，值班的意大利老头正用袖珍电视机看一个才艺秀，一对少年男女在台上跳舞，四肢飞旋。他听见电梯声，向我转过头来，光秃的眉脊往上一纵，往我身后看看，见没有别人，眼中射出惊奇的目光，略夸张地睁圆眼睛。午夜好，美丽的夫人，你一个人要去哪儿？

我拽起两边裙摆，一屈膝。我要去参加舞会，不要告诉我丈夫，好吗？

他在身后喊道，注意安全……

走出旅店，我使劲吸一口夜的体气。月在天空的极高处，白而亮，浑圆得可爱，像一枚从舞者手钏上滚落的银铃。四周云朵宛如蜕下的灰丝绸舞裙。舞者不知哪去了，只剩银铃遗留在层层叠叠的布料中。

夜间的城跟白昼完全不同，现在它像沉入水底似的，浸在青白天光里。两边铺面都已关门，放下铁皮卷帘门或窗帘，像一张张我丈夫那样戴着眼罩的熟睡的脸。我趿着鞋，沿着大街走，全无仪态地拖着脚，绝不费心蜷缩脚趾把鞋子带起来，鞋跟一下下拍击石板路面,发出踢踢踏踏的声音。

时有一辆摩托车响着极大噪音疾驰过去,勇猛得像圣乔治前去屠龙。我吹起口哨,一支歌吹完,刚好一条路走到尽头,十字路口有个带阶梯的圆形小广场,白天总是坐得七成满,中间有裤子肥大的男孩卖艺跳舞:单手倒立急停,把竖起的手臂推到一边好像那是假肢,用头顶住地面,滴溜溜打转。他女朋友在一边给他用CD播放机放音乐。我总想过去往他的帽子里投钱,每次都被我丈夫拽住,走吧,快走,多粗俗,不值得你花钱。

现在这块地面空无一人。我摸摸裙子口袋,里面天意一般有个硬币,遂走过去,蹲下,把硬币竖着塞进地面石板的缝隙里。月光在上面反射出一丝银光,明天,当男孩在此倒立时,硬币的光会折射进他眼中。

再走两个街区就是那条作坊街,白日云集的游客行人散去,作坊里的匠人们也早就回家了,街道像一条长长的骨架安静摊放着。通往海滩的路是另一条,但我走到路口中心回头一张望,发现一片漆黑中,居然有个窗口亮着。屋顶的霓虹灯招牌已经关掉,但我认得招牌的形状:一只高跟女鞋。那条盘旋不去的旋律,滴滴踏哒,滴哩踏踏哒,就源于他家的老式唱片机。

不知被什么力量驱使,我像赴约似的走过去,站在门外犹豫一阵,抬手敲门。

敲到第三声门就开了。门后一位矮小瘦弱的老妇人,棕色脸盘,黑卷发在肩膀上结一根粗辫,嘴唇错动,在嚼什么东西,一面用探寻的目光等我说话,一面双手绕到背后解开腰间皮围裙,显然她已准备回家。我说,抱歉,打扰了……后面不知该怎么说下去,因为我也不知道为什么要来敲门。

但魔幻之夜的意思是,一切不合理自有解释。老妇目光一闪,我记得你,亲爱的,白天你来过。她扇着手让我进去。不过那时你跟你丈夫在一起。等等,是丈夫吗?还是……她挤挤眼睛一笑,皱纹在松垮的表皮上起舞。

我笑道,是丈夫,不是情夫,如果要选情夫我不选他那样的。

老妇说,哦,别这么说,他是个蛮俊的男人,你可以让给我,我愿意选他做情夫!我和她都笑了,她亮出满口棕黑牙齿和牙上的黑色药草渣。

屋里只剩桌上的一排工作灯还没关,昏暗里有种舒适的惺忪,长长松木案子上,分格工具盒像被掀掉盖子的旅馆房间,上线用的木柄锥子像一排卫兵一样立在架子上,还有十几只木偶人脚一样的鞋楦,凌乱地堆在一起,犹如某个有砍脚习俗的蛮族人的战利品,有点阴森,又像一篇哥特风黑童话里的一幕。一切染着木头与皮革的气味,闻惯了甚至觉得很香。四边墙上钉满了错落短木板,每块板上摆一只女鞋,像几十只脚踩在不同高低的梯子上。每只鞋都像艺术品。我走到架子前,停住,老妇说,我也记得你曾拿起一双鞋,翻来覆去看了又看,我以为你就要买了,可惜你丈夫把你拉走了。

我知道掩饰无效,歪头笑一笑,挪出两步,站到我曾爱不释手的鞋子面前。老妇问,你为什么没买呢?

我说，因为我丈夫觉得我的小腿短，比例不够好看，他喜欢我穿高跟鞋。

这双鞋没有高跟，乍看它是双极普通的平底鞋，就是那种斗牛士们穿在粉红长袜下面的圆头鞋。但拿起来会发现鞋面是双层的，两层都透明，红色来源于其间流淌的液体。我捧着它，手掌抬高，放低，欣赏血在血管中流动的奇景。红玛瑙被炼金术士炼化，红玫瑰精魂溺水而亡，红枫林立于日落余晖，红樱桃醉倒在葡萄酒中，红唇吻着革命者流血的心。啊！

老妇在我身后说，绝大部分鞋是皮革绸缎质地的足枷和刑具，这双不是。试试，亲爱的，我保证它的滋味比十个情夫还好。

我一只一只踢掉脚上拖鞋，老妇望着我的左脚。我知道她在看什么，左脚脚背上有很多条疤痕。我解释道，我出生时，一条左腿先出来，助产士太年轻没经验，把腿塞回去的动作太急，脚掌断了，神经也受损，后来做了好几次手术，拼好了神经骨头，保住了正常行走能力，那些疤就是拼图图案里的缝隙。

我边说边穿上红鞋，明白了"比十个情夫好"的滋味是什么。鞋底软得像云，刚开始能感到鞋面一圈液体的凉意，很快它被体温染热，犹如不会凝固的血液，在皮肤外建立新循环。我愉快得说不出话，扬起双臂，踮脚原地转个圈，足尖足踵传来阵阵陌生的惬意。老妇说，我只做了一双，你穿居然这么合适，带它走吧，亲爱的，这双鞋我送给你。

我说，不行，明天我来付钱。她无所谓地笑着摇摇头。像祝祷又像预言似的说，今夜你一定还有奇遇。

于是我反复道谢，穿着这双血和玛瑙的鞋子踏出门去。奇怪，夜像是变幻了一点点，哪里有变也说不清，像是空中飞来了无数不可见的透镜，让一切形状与光色在折射中变形。我大步往前走，像个拿到了护照的偷渡者，像找到一位坚贞同伙的劫匪。

　　从这个街口开始，每当我要过马路，交通灯总是及时变绿，像集体接受了什么密令，向我证明此夜确是魔幻之夜。月光四处弥漫，像干冰机喷出的雾气飘在舞台上，等待伶人登场。再过一条马路就到海滩了，海波早就在棕榈树之间的缝隙里闪闪发光。

　　从棕榈树的栏栅之间走过去，海赫然仰躺在那里。我站住，心满意足地叹一口气。

　　在它随着呼吸一波波柔媚荡动的肚皮上方，是一轮满月。并不蓝的"蓝月亮"，吸饱了海上蒸腾的水汽，它显得更滋润，自得，心满意足。

　　我舍不得让新鞋沾沙子，遂把它放在沙滩与石板路交接的边缘处，赤脚走下去。走下去，像踩在新研磨的豆沙里。月光照得沙面成了淡奶油色，因此我是踏着奶油豆沙向前走。每一步，足趾和足踵都被更软的弧面托住。

　　一整块海滩空无一人，没有脚印。一整排棕榈树密得像筛子，道路上的声音传过来，已经被筛得细碎。

　　睡意和世界距此仿佛远得隔着十二个雨季。我立在海水中，一只完好的脚，一只带着纵横刀痕的脚，海浪不厌其烦地一次次抹拭它们,仿佛那样能把疤痕擦掉。

我站一阵,继续往前走一阵。走走停停,不知过了多久,一个人向我走过来,一个白衣白裤的男人。为了打消我的警惕,他把双手举高,像投降的士兵向对方营地走过去。其实我并不害怕,他不知道我正在等他——也不一定是他,我在等任意一人来演男主角,带着即兴台词上来,与我交锋。

他的第一句台词是:女士,这是不是您的?

原来他举起手是因为手里提着东西。东西是一双鞋,红色平底鞋。

我答道,是我的,谢谢。

他说,我们在南边海滩喝酒聊天的时候,波比把它叼过来——波比是我朋友的爱尔兰梗犬,总喜欢把各种小玩意叼来叼去——我朋友有点醉,想回家睡了,我说,那我去找鞋主人还鞋吧。

傻子才会去深究这理由的真假,我点头笑一笑。身为灯光师的月亮把金属色泽的银光打给他,照亮他的脸、肩膀和长到耳垂处的淡金色头发,无论在哪个舞团剧社,那都是一副领舞人的身段,一张既能扮哈姆雷特,也能扮科里奥兰纳斯的脸。

他向我伸出空着的手,我也扬手相握,但他把我的手背翻到上面,低头一吻,唇上薄髭像极短的小刷子,有分寸地轻轻一擦。我先是意外,没反应过来时手背已经一酥。

请问您的名字?

叫我辛迪。我怎么称呼你?

叫我"六"。

这么奇怪的名字。

我本名当然不是六。他笑了,露出两排白牙齿,犬齿有点歪斜,像音阶里一个不小心弹错的音符。您知道毕加索的原名吗？我的原名跟他差不多长,说一遍这夜就过去了。你不是本地人对吧？

不是,我跟我丈夫来这里旅游,庆祝结婚纪念日。

他一面嘴里说,祝贺你们,听上去真甜蜜,一面往四周找。我笑道,不,他在旅馆房间睡觉呢,不会跳出来怒揍搭讪者,别怕。

他也笑了。那你放弃甜蜜的睡眠,独自到海滩来干什么？也来看蓝月亮？

我说,你又独自到海滩来干什么？也是失眠症患者？

互用问题代替答案后,他向面前的海面伸出一条胳膊,像也要握住海的手背吻一下,说道,晚上的海,才是海,白天它只是,游客脚底下的一摊水。

对。我由衷说道,有月亮的天空才是天空,白天它只是候场时的舞台。

一阵海风吹过,他的淡金色头发飘起几绺,肥大衬衣和布裤像帆似的在背后膨起来,布料紧贴他胸口、腹、胯。我抬头去看月亮,他却低头看着我的脚,裙襟被风撩起,掩藏的脚背泄密似的露出来。我观察他的表情,他沉着地说,您的脚很美……人们都觉得有疤是丑的,是吧？要我说,正是重叠的刀痕，才令一无是处的泥团和铜块变成罗丹的吻和夏娃。

他声音中的真诚令我一阵震悚，双手在身边的沙中握紧。我一时说不出话，他善解人意地把话接下去。不知道有这样美丽双脚的辛迪，是做什么工作的？

我说，我是个设计师。

设计房屋？公共花园？布料？

都不是，我设计立体书。你呢？

他长吸一口气，仿佛那答案是胸中的火焰，需要猛拉一把鼓风机，让它的火苗蹿出口腔，他傲然道，我是一家博物馆的馆长。

哎呀，这个工作真了不起！是什么主题的博物馆？

他笑道，你想去参观吗？想去我就告诉你。

想。不过这个时间博物馆肯定关门了，我明天……

你忘了我是馆长呀，我想要它凌晨开门它就可以凌晨开门。解说员也为你随时待命。哦忘记说了，解说员也是我。

我仔细打量他的脸色，辨认其中有没有歹念，自认为判断清楚后点点头。六的眼中闪出惊异之色，他没想到我会答应。又用肢体语言确认了一次，他显得愉快极了，一手背在背后，一手从面前划到肩膀旁边，深施一礼：女士，我代表考洛斯博物馆欢迎它的第三千六百五十四个访客。"考洛斯"是希腊语中"舞蹈"的意思，您将见到一座小而美妙的舞蹈博物馆。

我又说，等等，我出门急，没带钱也没带信用卡，馆长先生能否先借我钱买门票？

当然这是无意义的玩笑,他笑嘻嘻道,算你运气好!今天刚巧是特殊日子,博物馆免票。

是什么节日?

是"辛迪女士芳驾光临日"。

我笑得哈哈有声,毫不掩饰对这话的受用。两人花心思互说废话,就是调情,我承认,但是,睡得着觉的人在梦中无论通奸杀人都不必有负罪感,既然我失去进入那块放纵之地的资格,自找一点恣意总可以吧!

他抬手举起那双鞋子,说,可否?

我犹豫了一下,他的意思是要帮我穿上,这就超出绅士风度和随口调情的范围了,可判断他是恋足癖病患又为时过早。嗨,管他呢。我扬起脚尖,蜷起脚趾点动两下,并给点头的脚配音:好哇,谢谢。

六单腿跪下来,托起我的脚踝,先掏出一块叠成方块的蓝手绢,像古玩店伙计给古董瓷器抹灰似的,把脚掌脚背上的沙子拂一拂,掸一掸,再把那双红色平底鞋套上去。他赞道,你的鞋子也很美,配得上你。

我看着那个陌生的头顶、陌生的发旋,一阵恍惚。六年前这天,婚礼的晴朗早晨我在化妆间里哭泣,哭得满室阴云,前夜右脚——好看的那只脚——被不知名的虫子蜇伤,足踵又肿又圆,特意订制的婚鞋小了一号,怎么也穿不进去。伴娘们给我擦药水,有人拿来冰块,有人打电话给熟悉的医生问有没有快速消肿的法子。亲友们坐在不远处的礼堂中,玩手机,用大帽檐扇风。我瘫坐在凳子上,哭个不住,上一场失败婚姻遗留的恐惧,和婚前镇压下去的犹豫、畏缩,此刻卷土重来。

最后我丈夫被叫进屋。礼服和发胶把他包扎得像一份精美礼品,好看得陌生。人们都蹑足退出去,关上门,但我知道他们都贴了只耳朵在门板上偷听。他跪下,不出声地亲吻我的脚,从足趾到足心,犹如阿基里斯上阵前,帕特洛克罗斯亲吻他的战甲盾牌。

我渐渐止啼。他说,现在我口袋里有把瑞士刀,咱们切开鞋跟,再用胶带粘住,好不好?或者干脆,改造成没跟的穆勒鞋。

我笑了。再后来,他命门外的人找来一瓶橄榄油。先用冰块敷肿处,再反复抹橄榄油,他总算把那只肥大的脚跟塞进鞋里。我忍痛站起身,吻他,吻那双刚吻过我脚丫的嘴唇,嘴唇上还带着淡淡的药水味儿……唉,那时我多爱他呀。我昏头涨脑地说:即使需要切掉脚跟或脚趾,我也会穿上这双鞋,跟你完成典礼。(听听!)

其实不用切掉,走向圣坛时,我已经感觉到大拇指和脚跟都在流血。我是新婚之日把血流在鞋里而不是床上的新娘。

我听到面前的六说,好了,现在是凌晨一点二十分,咱们走吧。

走出棕榈树栅栏,踏上街道,我正要问博物馆远不远,要步行多久,他四下张望,忽然目注街的另一头,探身扬手,又吹了声口哨。就像这一夜所有忽然出现的人事物一样,我看到了一辆马车——真正的马车,由身穿丝绒黑马甲的驭夫控缰驾驶的马车——蹄声笃笃地过来。

他笑嘻嘻,以完成一个魔术的魔术师的表情看着我,马车停下之后,驭夫打着哈欠说,我们早下班了,我要回家了,不过如果顺路可以捎你们一段,二位去哪儿?

这是此城的观光马车,而"我们"指的是他和马,他的马叫帕芙,因为——你们听过那首歌《神龙帕芙》吧?"神龙帕芙,住在大海边,小杰吉·佩帕是爱它的友伴",我叫杰吉,所以我家美人叫帕芙。真没听过?那我给你们唱……

坐马车并没有想象中美妙,铁条座椅硌着骨头,怎么坐都不舒服,美人帕芙扭动浑圆屁股前行,不时往屁股后边的脏布袋里噗噗撇下几个粪球,不幸我们的方向是顶风的,臭气随风阵阵袭来。幸好夜色很美,我们从一个路灯的光团里走向下一个光团,脸上交替掠过树影和亮光。

我知道六一直在打量我,像反复读一道谜题的谜面,也像转校生被安排到新座位上,望着身边新同伴,好奇,暗怀期望,跃跃欲试,又略带羞涩。他狭长的鼻梁中间凸起一粒小圆骨头,就像里面有个极小的指头要捅破皮肤伸出来。他捧着手肘,竖起小臂,一只指节搭在鼻梁上,下意识地来回摸那块小骨。嘿,你为什么一点不犹豫?你不怕我是专门诱骗单身女性的杀人犯?

我笑一笑。你是吗?

当然不是。但你的防卫心这么淡薄,可不好!下次有像我这样的陌生人邀你到陌生的地方，你不要去。

我嗯一声。他诚挚地看着我，看着不看他的我，半天才把头转回去。

马车在一个路口停下，我挥手跟杰吉和帕芙道别，马蹄哒哒远去。街两边都是三层小楼，每个方方的阳台都像个装满花的镂空铁盒，花香渗在夜间空气里，犹如一勺蜂蜜调在凉茶里。六领着我走了几百米，拐进一条小巷。

月光下有什么东西一闪，我低头，发现墙根有一溜脚印，用奇特的闪光涂料漆着，一直向前。印子由水滴型的小巧鞋掌印与圆点状的鞋跟印组成，仿佛一个鞋底踩了漆料的女人刚刚轻快地走过。

六说，那是我画的，给游客指路用。我说，好想法，庞贝城的街道也是这样，雕刻出一个个阳具标志指向妓院，你是不是借鉴了那个？

他上半脸皱眉下半脸笑。我说，怎么啦？做那种表情干什么？听不惯女人说阳具这个词？

亮光鞋印一直指向一幢小楼，楼前有台阶。台阶上也有鞋印，不过只有半个前掌印，没有鞋跟印。我也踮起脚尖，一级一级走上去，想起《巴斯克维尔的猎犬》中福尔摩斯和华生关于验尸报告中"半个脚印"的对话——人为什么会用足尖走路？因为他在跑，拼命地跑，他要逃避什么东西。

故事里的老人要逃避追上来的恶犬与死亡，急迫地跑向舞会大厅的女人要逃避什么呢？无趣的生活？

小楼是砖拱结构,外墙刷成淡淡玫瑰色。门楣上方有一座向外突出的石雕,一个长颈如天鹅的女人正从石头中舞出来,月光给她披了白纱,她闭着眼睛,高扬起一对圆滚滚手臂,像是有什么力量拉住她的手腕,把她提到空中,一束藤蔓环绕她的身体,顺着腰间爬到背后,又从肩头长至耳边,一路打着花苞,最后在头顶形成开花的花冠。

我仰头欣赏时,六走到门前,掏出钥匙开门。我说,她身上的藤蔓象征什么?束缚?负罪感?

六不满地看我一眼。欢乐,当然象征欢乐!你没跳过舞?没感受过跳舞时周身像要开出花朵似的那种欢乐?在埃及语中,"舞蹈"这词的意思是"求得欢乐",跳舞是为了快乐。

他边说边走动,把两扇镶彩色玻璃的木门推到一边,脚尖从阴影里拨出黑猫造型的瓷门档,把门挡住。我正要进去,他伸手一拦。等等,你确定?你真不怕这是连环杀手的魔窟?

我抬头看看,一笑。"这样一座殿堂里是不会容留邪恶的"。

六盯着我慢慢点头,莎士比亚,《暴风雨》,了不起的引用。好,请进吧!

灯光已经亮起。我走进去,站住,深吸一口气。面前是个宽敞的长方形门厅,柔和的金色灯光照亮每个角落,地板上交杂铺着粉色与灰色大理石方砖,两边墙壁绘的依然是藤蔓,蔓延到穹顶上,结聚到一起,在那交汇处垂下一盏吊灯。六站在下面,双手张开。尊敬的女士,欢迎来到舞蹈博物馆。在他身后的地板上,大约有几百只鞋摆放在一起,宛如集结了一支军队。

各种舞鞋，女士与男士的舞鞋。只有鞋，没有人，宛如一群狂欢男女整夜跳舞后，把鞋子脱在这里，手挽手上楼睡觉去了，鞋子从疲乏的脚上纷纷落地的啪嗒声尚有回响。每对鞋都美不胜收，方才老妇人作坊里是当代美术，此处众履则是史书插图。丝绸鞋面和丝绒鞋面泛着相似又相异的光色，桃红缎子系带鞋小巧得像一对花瓣，船形鞋，杏核形鞋，红漆鞋跟，黄铜鞋跟，木制镂空雕花鞋跟……每双鞋组成不同的站姿，顺着它们，可以往上想象出一个个舞蹈动作中的身体。缤纷的女鞋中夹杂黑色男鞋，像繁花间的叶子。

最初那阵眼花缭乱过去之后，我发现鞋子与鞋子看似杂乱，其实留出了林中小径似的缝隙。六领头走进去。那路径并非笔直，而是蜿蜒回环，他走得极快，随着路径时而转身，时而小步跨越，时而斜向滑出一步，像在跟一个看不见的舞伴共舞。

一支舞，原来这就是进入舞蹈博物馆的仪式。我也走进去，或者说，笨拙地舞进去。纵然小心谨慎，还是在一个转身处走不稳，踏错一步，踢到鞋上，心里一慌张，眼前已提前出现一长串鞋子醉汉样歪倒的情景……谁知鞋子竟不动，我蹲下察看，用手拨拉，知道鞋是钉在地板上的，如蝴蝶标本钉在软木板上。走到最后一步，只见群鞋之外丢着伶仃一只白缎面舞鞋，鞋帮上密密绣着凸起的花纹，五光十色之外一只白蝴蝶。另一只不知哪去了，仿佛一千零一夜的零一。

六等着我，双手背在后面，腰杆笔挺，像等待舞伴从上一曲里撤下来、再接她开启下一曲的绅士。我回头凝视舞鞋方阵，问，这么多鞋，哪来的？那只白鞋的另外一只呢？

他示意我跟他走下去，边走边答，鞋子是关于这个博物馆的长长故事的最末一节，请允许我从序言开始……

走到一个房间外，他伸手推开门，里面是个非常大的大房间，辽阔得像个微缩荒野，天花板漆成蓝色，地板是墨绿色，可解作海波或草茵，四壁安装的十几个投影装置射出全息影像，投在空中，地上，栩栩如生。

每组影像都是一群跳舞的人，地区和族群名字像 3D 字幕一样飘浮在他们脚边。深棕色皮肤、头插长翎的几内亚男人们给四肢擦上各种颜色的粉末，边吼叫边轮流抬起膝盖，肥厚脚掌重重夯击在地面上。哥萨克人一起做着蹲踢式舞蹈，两腿轮流往前踢，双腿跟地平线平行，越踢越快，少女们在他们中间跳跃着绕来绕去，以拍掌的节奏与他们相和。法国普罗旺斯的母亲们肩头扛着婴儿，沿着圆形轨道舞蹈，男人大步跳跃，女人们快步跟随，摇晃身体，互相做出牵拽的动作。古希腊的斯巴达人手握兵器，做出各种战斗与防卫的动作。红色的人，黑色的人，黄色的人，白色的人。光色并不完全写实，掺入一点蓝绿色，像马蒂斯《舞蹈者》画中颜色。当他们完成一组动作，影像就变化成另一种族的另一种舞蹈，不同时空的人把癫狂和欢乐接力下去。

六那黄铜似的声音在房间中回荡：梵文的《吠陀经》认为整个宇宙起源于舞蹈，诸神跳起狂野宏伟的环形舞蹈时，混沌的灰尘扬入太空，形成了宇宙与星系。在我们这颗小小蓝星上，各地的国度、村庄、部落，没有一个群体没有自己的舞蹈。每秒钟都有几十万人为了诞生与死亡、欢喜与悲伤而起舞。如果你愿意多花点时间，可以在第一展室看到本馆收集的一千五百六十种舞蹈，这些影像文献展示了舞蹈在童年时代的原始形态，以及它们的流变。

我像等待车流里的空隙一样，等到一处解说词的暂停，立即插进去：好！足够了，馆长先生，下一个展厅怎么走？

他倒没有失望之色，只说，后面还有苏丹酋长一边跳舞一边吞吃火炭的影像，还有几内亚丛林部落行阉割礼的舞蹈，特别珍贵，你真的不想看？

这时他脸上有种文献学者式的、纯真的沉迷神色，亦像小男孩邀人分享他珍藏的金龟子，动人极了。但我说道，对不起……

他不死心。还有我读博的时候跟导师到加里曼丹岛拍摄的祭祀舞，美极了，我们花了五个月才等到那一场。

我说：还是抱歉，我是那种读侦探小说直接翻到尸体那页的人。

天哪。他笑得那颗歪齿在双唇中间一闪。对你来说，我博物馆里的尸体是什么？

是那些鞋子的故事，我猜那才是这个馆的核心，猜得对吗？

他没回答，做了个让我跟上去的手势。我们穿过房间，真实身体与虚幻身体擦肩而过。门打开，门关上。他嘟囔道，你根本不知道自己错过了什么……好吧，那我从头讲起。

走廊的墙根处，闪光的女人鞋印又出现了。我溜到那一边去，紧挨着鞋印走，就像跟那位看不见的女士肩并肩，走了几步发现我每一步都刚好踏在鞋印旁边，完全不用调整。六低头看着我的脚步，开口讲道：

很多年之前，这国家有个喜欢跳舞的王子。只是王子，不是储君。他是国王的小儿子，上面有两个沉稳强壮、很得民心的兄长，兄长们也各有儿子，也就是说他继承王位的可能性极小，但这并不是坏事，这位爱跳舞的王子没什么政治抱负，他乐于一辈子享受王室年俸，一辈子沉迷在派对和舞会中，研究舞蹈历史与艺术，为各地的舞蹈协会剪彩，挂个顾问或副会长的头衔。每位王子的婚姻都是大事，他也不例外。到了必须结婚的年纪，他征得父母同意，宣布要举办一场盛大舞会，连续六日，最后他会从满场女子中选定王妃……

故事暂停，六打开第二个房间的门，与之前的房间一样，室内有虚幻的人影幢幢。场景变成阳光明亮的晒谷场，又变成月光下燃着一堆堆篝火的广场，六说：二号厅和与之相连的三号厅展示了十六世纪至二十世纪欧洲流行的二十四种社交性复式群舞，如小步舞、康特尔舞、伦德莱尔舞。男人与女人用舞蹈来表现爱情中的欢乐、眷恋和姿态。旧式的链状舞蹈逐渐退场，代替它的是轮状舞和环状舞……

人们组成两排纵队，先面对面鞠躬行礼，然后一个跟一个排成直线，直线组合成方块，他们旋转，迈步，转圈，线条有序地交织,汇合又分开。裙摆旋转起来,像伞在雨里张开,舞步一停,裙子落下去,伞就收了。旋律像一只手握着丝绸带子在牛奶河里抖动、飘荡。管乐与弦乐本身就像一对在光亮地板上滑行的人,我的耳朵吞咽音流,满足极了。

六在我身后,把故事讲下去——

却说舞会开幕前一夜,从外省赶来的女郎挤满了都城的酒店。音乐响起,王储夫妇走下舞池领了一支舞,舞会正式开始。女人们像暴雨前拥挤在空中的云。王子对每位舞伴都礼貌地微笑邀请,下场完成一支舞,但他没有邀任何人多跳一曲。他是不是曾对某双明眸、某对朱唇动心了?无人得知。到最后一晚,王子终于找到最佳舞伴。她是个白裙白鞋的娇小女子,双腿双脚如有魔力,他跟她一曲又一曲地跳下去,没有更换舞伴,一直跳了十二支曲子……看,在第四个展室,我们复原了一场20世纪贵族舞会的全貌。

他打开门,像掀开一个珠宝箱盖子,金光迸溅出来,门内的大厅四壁是金色与红色,墙壁上挂着希腊神话故事挂毯和油画,油画大多是半胸像,画中人从黑底子上投出忧悒严肃的目光。男人们身穿白衬衣黑礼服,或带蓝色斜绶带的军装,女人们的裙子像植株杂生的花圃一样缤纷,小扇子在手里像虫子翅膀一样急速扑闪。音乐从上方圆弧形楼厢里传出来,圆舞曲的旋律像美酒一样香滑地喷到空中。人们互相伸手邀请,走入舞池。

一段群舞结束,乐曲变化,影像也变了。人们都退到一边,留下舞池中心一对男女共舞。那两人的影像是彩色的，其余人变成了黑白。而那女人也近乎全白，白裙白鞋，长至手肘的白手套，镶蕾丝花边的高领犹如花器，捧起一张小小胭脂面孔，额头上垂下一块方形白蕾丝，像窗帘也像眼罩，直遮到鼻梁中间。琴弓在弦上极快地小幅度颤动，吐出蛛网一样绵密的乐音，四只脚尖以出奇的伶俐在蛛网的细密格子里跳跃，辅以扭动腰身肩膀，双手不时伸出，指尖与对方精准地碰触。没人能做他的对手，只有她。他们像林中草地举行舞祭的巫人，浑身俱受着魔法的笼罩与支配。

真美。我看得呆住了。六说，这就是当年舞会最后一夜，第十二支舞，是波兰流传过来的一种快步舞。不过那晚他们并没跳完。

为什么？

最后一曲尚未结束，那白裙姑娘忽然离场，风一样跑出去，甚至没留下名字。王子追出门，只看到台阶上遗落一只舞鞋。

我哼一声，这行为根本不合逻辑嘛。

不，合逻辑的。她是个聪明女人，她肯定明白，无论跳舞跳得多么情投意合，如盐入水，王子也不一定让她成为选择题的唯一答案。于是她勇敢地、睿智地溜走了。

所以丢下一只鞋子逃跑是欲擒故纵？

是。因为人类天生有将事情做完、让需求得到满足的倾向，"未完成"总是在记忆中亮着最高瓦数的光芒，这光驱散了一切别的女人的影子。王子心中再也不惦念别人，只迫不及待想解开这个谜。而风筝没有彻底飞得无影无踪，她给他留下了线索：一只舞鞋。

后来呢？王子怎么找到她？让全国女性都来试穿这只鞋？

六被逗得哈地一笑。当然不，那多蠢！脚一样尺码的女人成千上万，试能试出什么来？再说，他怎么舍得让别的女人的脚伸进去，污染这只他视作信物的鞋？

我只能干笑两声。对，有道理。

开始他想要寻找制鞋的工厂或作坊，但鞋上没有任何制作者的钤印，也没有一个鞋匠认得出它。后来王子发布了告示。匿名告示，发在报纸上，详细描述一只女鞋，重金求购另外一只，也求购关于鞋子主人的线索。登出告示之后，他把自己关在书房里，日夜面对那只鞋，幻想鞋子之上尚未探索就骤然消失的一切。一切在想象中趋近完美，反过来令他相信自己正在寻找的是世上最好的女人。他试图为她画像，画出的每副面孔都不一样。如此持久的念念不忘，已经够分量命名为爱。他的王父与王兄过来探望，走出书房时说，天哪，他真的恋爱了。国王的话很快传遍全国，人们都知道王子爱上了那神秘女郎。有一些人按照告示中的描述，拿仿造的鞋来碰运气，都被赶走了，更多人跑来声称他们见过穿这双鞋的姑娘，在教堂，在面包铺，王子的幕僚们每天忙于甄别真假消息。而在城中某一个平民公寓里，神秘女郎也在按捺着现身的欲望，她要摸索那条界限。渴望固然能把好感熬成爱，但等得太久，也会导向遗忘。在大家几乎绝望的时候，另一只鞋终于出现了……

舞蹈影像仍在循环。我们走过他们身边，开门出去，轻手轻脚地掩上门，怕惊乱他们的舞步。

六继续讲道，告示发布十二天后，一个背斜挎包的小男孩被带到王子书房里，人们瞪大眼睛，目睹他从挎包里掏出一只白鞋，犹如魔术师从帽子里掏出白鸽。

走向第五个房间，门一开，轻柔如灰烬的音乐飞扑出来。房间中央凹陷下去圆圆的一大块，蓄着水，是个极浅的水池。两个舞者的影像出现在水面上方。六说，这是曾风行于意大利锡耶纳地区的水舞，跳舞的两人没有身体接触，只用脚尖或手向对方泼出水花。

他们踩在水中，跟着音乐跳或踏，单脚或双脚，踮起一个脚尖把身子抡得转起来，另一只脚尖在水面画出波纹，最后踢出一串水珠。每当他们做出撩水、踢水的动作，水池底的装置会让水相应地喷溅出一小柱，逼真得令人惊叹。我叹一口气，这象征恋爱初期互相试探的阶段，是不是？

是的。六也叹一口气。最美好的时期。

我装作专心观赏舞蹈，等了差不多够礼貌的时间，开口问道，那个小男孩是谁？

是她弟弟——绰号"小老鼠"，后来娶了一名王室远亲——她没有现身，戏剧张力要保持到最后一刻，否则前面的铺垫都会减分。由小老鼠带路，王子和随从们到达她的家，车子堵塞了整条路。她的父亲、继母和两个姐姐早就等候多时，她们很知分寸地换上灰扑扑的衣服，立在楼梯口。楼梯上响起脚步声，王子站在楼梯下,手捧两只舞鞋,仰望着一个遍身雪白的美人赤足一步步走下来,像白光照进灰尘。她在倒数几梯处站住,他跪下来,替她把鞋穿上去。

走廊里摆放着长桌,桌上一列排开带小龙头的高大玻璃罐,就像自助餐饮料区似的,旁边放着尖角形的纸牌,上面写出饮料的名字。我读道:棕榈汁,蜂蜜酒,麦芽啤酒。六从旁边的藤筐里拿了一个纸杯,说道,这些是人们跳舞前用来激发精神、助兴的东西,你要不要来一杯?

他给自己接了一杯棕榈汁,小龙头里冒出淙淙水声,我说,我也要一杯那个,谢谢。长桌对面是供休憩的长椅,我坐下来,身子往下滑,屁股抵在椅子边缘上,红鞋子跟脚一起歪向两边。桌子侧面还有一只半人高的小冰柜,他打开冰柜,从里面夹了两块冰放进杯子里,转身走过来,朝我一笑递给我杯子。我抬手阻止他坐下,一仰头把杯里的棕榈汁灌下去,手背蹭着嘴角,把杯子塞回他手里,笑嘻嘻道,续杯,谢谢。

第二杯拿来,我才慢慢啜饮。他在我身边坐下,样子斯文地喝他那一杯,挪了一下,不是挪远,是挪近。他每靠近一厘米,我的体感温度都会上升一度,就像他皮下骨骼由取暖灯管做成。这种热力不是没缘由的,但我若无其事地把棕榈汁喝得索索有声。

窗外蓝月亮像个巨型监视器探头一样,炯炯地亮着。他看着手中的杯子,说,一直是我在讲,也该你讲讲了。

我讲什么？我对舞蹈一无所知。

不，你应该也讲个故事，作为回报。

我可以选别的回报吗？

你连门票都没买！记得吗女士！你还不肯留下个故事当门票钱？

我想了想，说，可我不知道讲什么，讲劳伦斯·布洛克的侦探小说？

不，讲讲你的爱情，你的丈夫。愿意吗？

……第几个？我是说，你想听我第几个丈夫的故事？

我的头一场婚姻纯真得像儿童简笔画。二十岁，我跟好友去草地音乐节玩，T恤撕到胸罩下沿，渔网丝袜套在平角内裤外面，帆布鞋上头两条不一样颜色的花长袜，就那样挤在人群里，为台上抱着吉他狂抓狂挠的长发汉子们嘶吼，晚上跟人合租帐篷。帐篷根本不够用，地面上横躺的身子摞起一层半，有些人在睡，有些在嗯嗯呃呃地搞小型肉体狂欢。我是那一半真睡觉的人——那时我还年轻，像童话里的金发姑娘似的，在熊窝里都能睡得着。不过叫醒我的不是三只熊，是三个女人，后半夜我朋友和她新交的朋友们把我摇醒，我趿上帆布鞋，鞋跟都没提就被拽出帐篷。揉着眼迷迷糊糊走了几分钟，发现自己置身一个露天派对，周围多了好些人影，音乐从一个人肩扛的大收音机里冒出来，人们搂抱着跳舞，黑暗里一些晃动得合乎韵律的光点，是人指头里的烟头。

一些男人迎上来，他们是我朋友的朋友的朋友，几个姑娘像蒲公英种子一样散开，落入他们的手臂里，立即融入旋律和轨道。剩下一个金发仔伸手微笑代表邀请，我就跟他跳。说是跳，其实是软塌塌地跟着晃，白天的狂欢和晚饭的啤酒让我始终不太醒得过来，表现在行为上是出奇地柔顺，懒得拒绝。金发仔小声说，来，咱们提提神。

他手往裤兜里一探，摸出两个棒棒糖样的东西，往自己嘴唇里塞一个，递我一个，像学校里同学之间分零食。我伸手要接，身子忽然奇怪地往后一退。

那一下的力量源于胳膊上多出的一只手。我回头看到一个高大的红发青年，他把住我的手说，美人，后半场舞跟我跳好吗？说完直瞪着金发仔，满脸我看不懂的威胁。金发仔上下打量他，举起双手做投降状，叼着棒棒糖走了。红发青年望着我，满眼诚挚，低声说，那是他们自制的大麻糖果，别碰！

原来他是在保护一个素昧平生的姑娘。我也望着他，他的眼睛美得像一针兴奋剂，从我的眼珠注射进来，瞬间走遍全身，我清醒了。神哟，怎么才能让这双眼睛永远望着我，我愿意用一根手指去换。他见我不说话，目光和声音更像呵哄，有种让人腿软的温柔：相信我，那绝对不是你的损失，你想嗨，我有好多别的法子。我是键盘手，我们乐队明天有表演，我可以带你到后台去，你想在那儿看完整场都行。

我摇摇头说，不想，我想要刚才那个。

看他失望地一愣，我笑着拉起他的手放在我腰间，我是说这个,我要你跟我跳舞,你邀请过我的,对不对?

于是我们吻了又吻,并在吻中明白对彼此的渴望旗鼓相当。夜风里手脚面颊都冻硬了,只有四条嘴唇绵软如梦境。我们紧紧搂抱,缓缓旋转,天堂只在四个脚掌踩着的那一丁点地方——所以你看,我怎么可能不懂跳舞的快乐、那种晕眩和六神无主?

我真心希望他日后每次想起我这个前妻,也会先想起这一幕,而不是互相扔碟子扔沙拉碗,手执水果刀搁在手腕上威胁要割下去……那些满面眼泪、满口刻薄话的狰狞嘴脸。我们在相识十八天后结婚,四百八十六天后离婚。那一夜,爱情代替大麻让我嗨得神志不清。恢复清醒后我发现,键盘手丈夫给女人们的温柔是天上的雨,而婚姻则把我推进安稳的室内,从此我就只能从窗户里看下雨。再加上他经常跟着乐队出远门演出,雨就更成了广播里遥远某市的天气预报。

当被人追问狠了,不得不解释为什么离婚的时候,我打着哈哈说:因为药劲过去了。

后来我想(是"想",可不是反省),一切太容易了,应该麻烦一点,应该再熬一熬。更怪我不该穿着帆布鞋牛仔裤就跟他去公证结婚,见证人只有他们乐队的主音吉他。当愤怒失望、觉得日子过不下去的时候,反锁门坐在抽水马桶盖上,想想恋爱结婚花费的气力,肯定会有些舍不得,顺着那一截舍不得的线头拽呀拽,总能扯出更多缠绵不断的眷恋。

也许错不在此,但我总得,总得责怪点什么吧。

所以第二次婚礼前我让我丈夫陪我把准备工作搞成了长达

半年的马拉松。我亲自设计了伴娘裙和婚礼蛋糕。我甚至买了一盒小颗水钻,一张张绘画、剪贴,做了两百张立体请柬,由他用镊子把水钻贴到立体新娘的脖子和手指上。我对他说,我切掉脚跟也要穿上婚鞋,因为那婚鞋是买了折价机票飞到米兰去订制的。

讲完这些,我呼出一口气,像吃完一块蛋糕似的两掌拍拂,打掉不存在的碎屑。六还没从沉浸状态里出来,他呆呆思索,双眼一下一下眨动,很像那种眼皮会动的老式塑胶娃娃,我忍不住伸手把他一只眼皮按住,我小时就爱这么玩娃娃。他唉唉地叫着,把我的手推开。

我抽回手,假装没注意他指头上传来一丝束紧的力量,像要收起捕蝶网的网口一样,把我的手留在里面。我心里说,嘿,怎么能这样?我刚刚可是在讲我的婚姻生活。

一旦察觉到细微的抗拒,他的手立刻回到守礼绅士的正轨,落回膝头。他说,两次婚姻,两次?经历过一次失败,你还有再战的勇气,真了不起。

这话不像他此前的赞扬一样能让我振奋,我苦笑道,我的故事也就剩一点愚勇可取。不等他反对我的自我贬抑,我抢先把话题拧回上一个频道,唉,求你了,说回辛德瑞拉和王子吧,他们的故事是真的?

他看我一眼。嗯,是。

我猜游客们一定不相信,他们会觉得都是你编出来的。

不会，他们来的时候解说员不讲这个故事。

那解说员什么时候会讲故事？女王陛下来访的时候？

不，在他心情好的时候。他笑道。

就算故事是真，辛德瑞拉那些想法你又怎么知道？肯定是你想象出来的。

你又错了。我讲述的一切都有引用来源，我的解说词后面可以跟一页参考文献列表——因为她后来写了自传，"故意丢一只鞋"等等，全是她自己写出来的。

这次轮到我惊得张开嘴巴。这些心理活动她都写出来了？

是啊。那本自传文采不高，不过以平民视角记录了很多王室生活的细节，极具文献价值，我念研究生时还写过一篇研究她自传的论文呢。

等等，王室能容忍她写这种揭老底的东西？

哦，她写自传的时候早就跟王子离婚，并自动放弃赡养费，王室管不到她了。走吧，你还有一半展室没参观呢。

剩下一半在楼上，我跟在他身后绕着木楼梯走上去，像跟随鹦鹉螺的纹路走进它壳里。墙上悬挂的玻璃画框里镶着奇怪的画，我停下来端详，六说，这是"舞谱"。地上荧荧的足迹引路，通向第六个房间。第六个房间是纯白的，白得像糖霜。人们站成一个方阵，两手各握一根长长的白绸带，绸带从一角连到另一角，横向或斜向相交，两个跳舞的人在绸带的网中跳跃、转身，绸带撞在他们腰间，他们灵巧地滑向另一端。绸带的线路本身也在变化，执绸带的人走动，两手交叠，或张开，或并拢，网格便随之变斜，变宽，变窄。

六以一种面无表情的声音讲下去：他们理所应当地结婚了，一场盛大婚礼后过后辛德瑞拉住进宫中，她的父亲、继母、继姊妹和弟弟也搬离原来的老房子，住进新居，分享了王妃的光芒。王子参加派对有了固定伴侣，报纸上最常见的照片，就是他与辛德瑞拉光彩照人地出现在各种舞会上。

他抬手屈指，敲敲身后墙壁。我们身在的这座博物馆，博德街6号，前身曾是王子母系家族的私人产业，由著名印度裔建筑师迪让·雅度设计督建——楼下大厅里有这座房子刚落成的照片，就像刚裱上花的新鲜蛋糕一样华美——这房子被作为结婚礼物赠予王子，他和王妃常在此举办舞会，或邀请世界各地的舞蹈家来表演，上流人士都以能出入博德街6号为荣。

我说，这样看，他们的婚姻生活不是很幸福吗？

六摇摇头。他闭紧嘴巴，打开七号门。

第七个房间的四壁、天花板和地板从中间整齐分开，一半漆成黑色，一半漆成白色。舞女的衣裙与身体也同样半黑半白，半张脸涂黑，半张脸涂白，一条手臂黑色一条手臂白色。她头顶和双手手心平放着三个放白蜡烛的黑铁托盘，两脚分立，站在黑与白的交界处。音乐一响，她的腰肢开始摆动，提起膝盖，单手举高，又缓缓伸到脑后，双脚在交界线处跨过去又跨回来。她的动作越来越大，在各种难以置信的柔媚动作中，那三个蜡烛托盘始终保持平衡，蜡烛亦不倒，不灭。

他解说道，这种以平衡为主题的观赏性舞蹈源自苏门答腊。黑白象征人世的夜和昼、恶与善、悲与喜、死与生，三盏蜡烛象征信仰、忠诚、爱。

我刚要说话，舞女猛地做了个向后仰倒的动作，我吓一跳，下意识地伸手想扶，但她以惊人的腰腹力量，游刃有余地弹了回来。烛焰晃了晃，仍然明亮。

我叹一口气。照我看，这舞蹈的主题倒更像婚姻——那三根蜡烛象征丈夫、小孩和自己，或者象征家庭、事业和自由，所有已婚妇女都是这样跌跌跄跄地努力保持每根蜡烛不灭，跳舞已经不足以形容其难度了，那简直是杂技。

六笑了，他以为我在讲笑话，所以不管好不好笑，笑都是应有的礼仪。我再叹一口气，叹息他的不理解，也羡慕他的不理解。我说，做了王妃的辛德瑞拉，也没保住她的蜡烛，是吧？

六点头。他们的婚姻并不幸福，虽然有过欢愉和希望，但不足以抵抗侵蚀。到了晚年，七十岁的辛德瑞拉在自传里写道："每个晚上我们都安排节目，忙不迭地出门，到各种嘈杂的地方待着，只因为那样就可以不用说话了。跳舞是一种太好的幻觉，该死的幻觉。"

宛如一阵冷风从时间的缝隙中吹来，我手臂上起了粟粒。我觉得这话像是在我心里藏了很久，而由不知多久前的她说出来。我明白，共舞那一刻有着世上最甜美的恍惚，它把爱里最有迷惑性的东西提纯、具象化。跳舞的时候你不用说话，音乐会替你说，手和脚会替嘴巴说。腰肢坚贞地跟随手掌，浑然一体，膝盖热情地拨开双腿，推它转弯，每个动作都是一句美妙的许诺：许诺亲密无间，许诺同进同退，许诺如影随形……但它不是琥珀，它不能把爱的感觉像昆虫一样包裹在里面，达成永生。

爱里有如此多像致幻剂似的东西，它们仅仅是一种太好的幻觉。该死的幻觉。

六说，我们走吧。

并肩走出这个房间，他探过头来观察我的脸色。抱歉，这故事越来越苦了，你还想听下去吗？

不就是婚姻失败嘛，婚姻失败也没那么苦。你为什么要抱歉？

第八个房间十分拥挤，足有四五十人，我往门里走了一两步就不敢深入，怕撞到屋里的人。人们戴着花纹繁复的面具，身体近乎全裸，面具和身上绘有抽象化的图案，我认出的有太阳、星星、匕首、花朵、山丘、丛林、鹿、狼……乍看去，面具花纹颜色没有规则，仔细分辨能看出面具上花纹颜色分为红色调、黑色调、蓝色调。他们直直地凝视前方，望向虚空之中，并不看人，与舞伴只随机做出一种动作便各自松手，旋步走向下一个舞伴，一切仿佛毫无规律。除了人们脸上，墙上也错落地挂着各种陶制面具，空洞的眼睛里透出墙纸颜色。

他说，这是澳大利亚中部的面具舞。他们用面具区分人和动物、祭司与战士、猎人与首领，等等。在面具舞中，舞蹈已经具有了哑剧的特征。

第九个房间里,满室闪耀橙红色火光。他说,这是危地马拉一个崇拜火神的族群的舞蹈。

像第五个房间里的水一样,火是真实存在的,火燃烧在不同高度的陶瓷盆中,高的有人小腿高,矮的大致到人脚踝。火盆摆设成一个难以看清的图形,女舞者的眼睛由黑绸带蒙住,她的男搭档牵住她的手,领着她舞进火的兵阵,他以手抬高或前引的动作,告知她火的位置与高低,她则以各种恰到好处的跳跃、踢腿、旋身,凌空越过一簇簇火焰,这默契的代价如此可怕,一旦心未领神未会,血肉就成了火盆里的燃料。我看得揪心,拉一拉他手腕,示意离开。

第十个房间布置成星空的样子,墙壁地板漆成最靠近黑色的蓝,代表行星恒星的光点在幽深的蓝色之上闪耀。两个跳舞的人站在相隔最远的两个角落,皮肤上涂着银色粉末。行星徐徐运行,光束划过,像无形的刀尖剖过去。男人以舞蹈的抽象化方式,做出亲吻、拥抱、爱抚的动作,女人相应做出被亲吻、被拥抱、被爱抚的动作,默契得像边缘吻合的两块拼图。他们甚至以表情和姿态模拟了性爱。

然而两人中间隔着茫茫虚空,怀中只有空气,只有星光。

我当然没见过这种舞,但它表达的那种无奈却熟极了,熟得心里一酸。六没有解说,可能他也觉得这舞的意义不用解释。他只是声音平静地讲完最后一页剧情梗概:他们结婚数年后,王子遭遇一次重大事故,性命无虞,但腿伤导致行动不便,他不能再跳舞了。

隔空起舞的两人就像书中插图，像无声的画外音。虽然早被剧透了，还是觉得黯然，我苦笑一声，不能跳舞，这不足以成为婚姻失败的理由吧？

　　六看我一眼。你有没有读过《查泰莱夫人的情人》？

　　他以这种委婉方式说出另外一个理由。我说，这个……也是辛德瑞拉晚年自传里写到的？

　　六点点头。他们也没有孩子，起初是不想牺牲时间心力，事故之后两人尝试了各种方法，都失败了。"送子鹤只要在云端瞥一眼，就看出不能把孩子送到这个卧室里。太失败了，我们的虚假和谐连鸟类的智商都骗不过去。"你看，这件最苦的事她反而写得最幽默。

　　再后来呢？

　　再后来辛德瑞拉跟她的舞蹈教师出轨了。反常的是，她跟情人约会并不怎么费力躲闪，仿佛关于丑闻的报道正是她想要的。王室的各种活动不再允许她出席，连一家亲的表面功夫都不费心做了。辛德瑞拉写道："我那位以优雅闻名于世的婆婆肯定关起门来骂了我婊子，而且不止一次，我肯定。而我唯一的烦恼是记者们偷拍的照片不挑角度，把我拍得显胖。我是跳舞高手啊，我的小腿哪有那么粗？"

　　他一边说我一边笑，因此当他讲出故事结局时，最后一点伤感也被冲淡。他说：在被记者们的相机围猎一年之后，辛德瑞拉与王子签署了离婚协议，她从王妃变回了平民女子，但很多东西永远不会变回去了。

走出第十个房间,门砰地关上了。我好奇心忽起,猛地转身再次推开一条门缝,看里面灯光和人影会不会突然亮起。

六愣了愣,随即笑得弯下腰,嗓子里发出痉挛似的笑声。你以为博物馆的展厅是冰箱?开了门灯亮,关了门灯灭?

我也笑得扶住墙。

展厅外的这一段走廊摆放着一排衣架,架起不同式样的跳舞裙子,每条裙摆下都伸出一根铁杆支撑,像一群单腿站立的鹳。我从这些穿裙子的鹳旁边走过,伸手撩起裙角,再让它像水一样滑下去。说真的,我有点累了,眼皮发涩,两腿也沉起来,每拔起一步都感到肌肉的勉为其难,这一夜要是穿高跟鞋脚肯定要痛死了,想到这里,我感激地低头看看脚上的平底鞋。

六走在我后面,温存的眼光投向每条舞裙,这应该都是他引以为豪的珍藏。他伸手捞起一条石英粉色连衣舞裙的长袖,托在手心,另一手搂住木头衣架的腰,一个滑步,搂着衣架转个圈,顺势滑向下个织物舞伴。

奇怪,他始终神采奕奕,怎么会有人整夜不睡,还能像刚切的柠檬一样新鲜?

我正盯着他研究,他朝我看过来,双手一摊。嗨,博物馆的故事讲完了,又该你了。

该我什么?

讲你的第二个故事啊,之前你问我"你要听哪个",现在我想听你跟现在纪念周年庆的丈夫的故事。他狡黠地一动眉毛,先说你们在哪认识?咖啡馆?自助干洗店?书友俱乐部?美术馆?……

他见我眼珠一转,知道自己猜中了,哈地一笑,伸高手臂表示庆祝,样子又幼稚又气人。我有点泄气。我就这么好猜?

这有什么难的?你是个文雅端方的女人(我瞪他一眼,仿佛文雅端方都是贬义词),你平时常去的地方肯定就那么几个。讲吧,讲点又酷又浪漫的情节让我吃惊,讲"尸体出现那一页"。

……好吧,是美术馆。那年我跟出版社签了一套艺术启蒙立体绘本,要到美术馆去临摹名画,埋头一画半天,中午去一楼商品部买袋巧克力曲奇,拿到消防楼梯间里去吃。一边吃一边戴上耳机听音乐,跟着音乐摇晃身子,转圈,踢腿,活动发僵的脖子四肢,每天如此。楼梯间里窗户宽大,光线充足,安静得像口井,午间休息时没人进楼梯,我可以独占整间餐厅兼舞厅。有一天我正嚼着饼干,闭眼扭屁股扭得来劲,忽听背后传来一声咳嗽。

我双手连抓好几把,才把耳机从耳孔里揪下来,仓皇转身,一个男人站在楼梯间的铁门旁边,脸上有种刚按捺住笑的样子。我想到刚才的丑态,头皮一麻,感觉身上一圈刺像豪猪遇敌一样奓起,色厉内荏地凶起来:怎么?有什么问题吗?这里不许人吃东西还是怎么着?

他说,没有没有,抱歉,女士,我只想请您让一让,您挡住楼梯了,电梯太慢,我着急上楼。

我让开身子,耳机像连着神经的两颗牙齿在胸脯上晃荡。

他从我身边过去,又回头,微微一笑,做了个奇怪动作:用指尖点点唇角。我呆站着看他步履轻快地小跑上楼,两只一看就死贵的黑色牛津鞋交替点在楼梯上,从这个视角刚巧看到裤筒里穿的是一双红底黑斑点的艳丽袜子,配色犹如七星瓢虫。

又想起他的动作,我掏出手机,用前置摄像头当镜子,照见嘴角明晃晃挂着一块黑饼干渣,像颗过于立体的痣。哦天哪。

一小时后红袜子像瓢虫一样飞了过来。画画的间歇,我目光随意一晃,余光里忽然亮起一块红斑。十米之外,那人坐在大厅中央的环形休息凳上,手捧一本书读,一条腿压另一条腿,脚腕上红袜子像交通灯似的醒目。接下来的几小时我顾自画画,画完一副,把画架搬开一点,他独个儿坐在圆环凳子上,犹如字母Q的那一点。这座美术馆一向访客不多,但直到闭馆再没有别人进来,也够奇怪的,就像这地方暂时被遗忘了,就像……世界煞费苦心地给我和Q先生腾出一整个下午的独处时空。

风在宽大的窗外簌簌拨弄槐树的浓荫。我不断把颜料唰唰涂到纸上,他时而抬头看看我,其余时间低头读书。他骨节分明的手举着书的时候,三根手指托在外面,两根手指别在里面,像一支巴洛克风格的精致象牙家具。时间流逝,我逐渐产生错觉,这房间越来越小,小成了一个普通人家的起居室,夫妇两人各待在屋子一角,各忙各的,互不交谈,也觉得舒适安宁。

其间他曾起身出去,我竟心中一沉,啊,他走了,他其实并不是为我而来,他可能真的只想找个安静地方读书……几分钟后,牛津鞋的履声响起,他回来了,我的心又亮起来。他轻轻甩动手指,等了一会儿才重新拿起书。原来是去了卫生间。

黄昏降临,闭馆时间到,室内响起示意访客离场的轻柔音乐。警卫探头进来,说,五分钟。我和那位Q先生同时转头说,好。

我想了想,径直朝Q先生走过去,像走向早就相中的姑娘,终于下决心过去邀她跳舞。他迎着我缓缓坐直身体,双脚落地,啪的一声合上书,搁在大腿旁的椅子上。

我在他面前停住,他抢先说,你好,女士,其实我只是想问一下歌名。

什么歌名?

刚才你在楼梯间哼唱的歌的名字。我觉得那歌好听极了。

我还没回答,他又小声说,你跳舞的样子也好看极了。我瞟一眼他放在身边的书名,《病毒学及免疫学……》——哦天哪。我说,"请留下来陪我"。

女士,我一下午都在这陪你,但是现在闭馆了……

我给他一个恶作剧得逞的笑。不,这就是那首歌的名字,"请留下来陪我"。我哼唱副歌,"请留下来陪我,因为我只需要你"。他跟着每个词点头,用下巴打拍子。

我们对望着,犹如喉咙面对即将被唱出的乐谱。他说,我猜你画了我。我能看一看吗?

我确实偷偷画了他,他的高颧骨、塌脸颊,以及中间带凹坑的下巴都是我最爱的款式。一小时后他请我吃了当天的晚饭,后来我们有了更多正式约会。我一直想,在一身西装三件套牛津鞋下面暗藏一双瓢虫袜子的人肯定不会无趣，肯定还有可供开采的东西藏在灵魂的褶皱里。直到婚后某天我才发现那是个误会，我的医学院教授丈夫那天心不在焉地穿了他妹妹的袜子。坐在美术馆里用一个下午积蓄勇气，跟一位陌生女士搭话，是他毕生做出的最有趣的事。

我讲这些的时候，我和六走到走廊的底部，又走回来，我的平底鞋踏不出脚步声，他的麻编渔夫鞋也悄无声息。

他问，婚姻到底是什么样的？

我打量他的漂亮面孔，那条狭长的、带凸起的秀气鼻梁，还有眼睛，那里面有种让人生气的古怪的天真。我伸舌头舔一圈嘴唇，等找到要说的话，舌头便缩回嘴唇里。你有没有过拆洗被罩的经历？把被子外面的罩套拆下来，洗干净再套上去？

有过，我小时经常帮我的保姆套被罩，后来上学时住宿舍也都自己料理。

套被罩需要跟人合作。你要跟对方合作把被子塞回罩子里，每人抓住被子的两只角，四个手臂在空中反复开合、抖动，让被子跟被套紧贴在一起。

他一边点头，一边做出手臂开合的动作，以证他做过。

对，就是那样。婚姻就有点像套被罩，如果两人没有合作抖被子，被子倒也能盖，但就总觉得有地方不贴合，不舒服。我和我丈夫就是缺了那一步。明白我的意思吗？

他想了想。被子不舒服，所以你一直失眠，是不是？

这已经是第二次尝试了，这次已经是补考，我跟婚姻还是文不对题。你考过物理吗？距离＝速度×时间。题目要求算清我跟我丈夫之间的距离。但怎么能算得出呢？为什么第一次拥吻后隔着马路挥别遥望、两人间的距离无限接近零，而后来汽车驾驶座与副驾驶座间的距离有一条马路那么宽？还有地理，空气里为什么会出现山脉和裂谷？隔着一张小圆餐桌吃饭的两个人，桌下的腿变换姿势时会碰到对方的脚尖，然而他们中间有一个漂着冰山的北冰洋。

　　我和他并无本质上的共同点，恋爱时我们聊的是对彼此的渴望和占有欲，婚后逐渐无话可说，换十个话题也撑不足一晚上，所以我们常请朋友到家里来吃饭——就像辛德瑞拉和王子热衷举办舞会——借由他们的眼来看，我们还是对令人羡慕的夫妇，我和他都需要这种局外人的角度安抚自己。

　　他从不跟我吵架。每次我的眉毛失去平衡，声调提高一点，他就举起双手表示谈话终止。他说：我希望你加强精神力量，要克制，当你失控时，你就不再是你，不再是我娶的那个甜美温柔的女人。这是他何时产生的误解？我很少甜美，偶尔温柔。而更难堪的是，我并不如他所期望的那样，能圆滑、圆满地周旋在两个家庭之间。

　　他多次建议我报名一位上师的学习班，去修炼"正念"，据说他朋友夫妇参加过，脱胎换骨成了一对平静快乐的新人——这就是他为婚姻开出的处方。我所有困境，对他来说皆因精神力量不够强大,外在表现之一便是失眠。而这种缺陷带来的抱怨也令他痛苦。这都怪我。

我喃喃道,为什么?为什么情人跟丈夫只是换了个身份,就像换了头似的完全不一样了?

六说,这个我也许能解释,我写关于辛德瑞拉自传的论文时写过这段——攻打一个城市和管辖一座城市需要的是两套人马,有些统治者擅长攻城拔寨,所向披靡,得到国家、建立政权后,却不懂如何治理。爱情与生活也需要两种智慧,两种技巧。正如进入任何一门学科都要首先承认自己的无知,然后虚心钻研、学习,要想习得那两种技巧同样如此……

他那年轻学者的热情里,有种孩子似的不自知的残酷。他不明白这种问题是用不着答案的,所有问问题的人早就有了答案。

我挂着空洞的笑意,怜爱地凝视他,看他发表伟论,想起我丈夫手执一本心理学书籍,耐心跟我讲解的样子,那本书的主题是如何自我纾解情绪和压力从而治疗失眠……真不能说他不努力。可惜,他的抚慰徒具其表。

要承认无知?我早就在为之羞愧了。相似的幸福婚姻是什么样的?世上多了一个丈夫形状的平行宇宙,只要宇宙张开双臂让你跃迁进去,现实中的一切都能反转,郁愤忧愁转为平静愉悦,加油站商店的三明治也能变成米其林餐厅的苏芙蕾。各不相同的不幸婚姻又是什么样的?世上多了一个丈夫形状的黑洞,一个150磅的不解之谜,即使你叫得出城里所有灌木乔木的名字,懂得十八种踮起足尖跳舞的美好技巧,认得出春季秋季夜空中的星座,那条谜语也让你觉得自己一无是处。

如果那些技巧可以习得,我最想要得到床上的智慧。不,跟性爱没关系,我只想知道,该怎么跨越双人床中间那条令人惧怕的裂缝?当我在绵软的褥单沼泽里等待,当我们冷战的时候,我遥望床的另一边他的背影,我该如何说出第一句话?他伸手拿马克杯喝水,放下书,关灯,两片肩胛骨相应而动,像两块门扇开开合合,门里是他的心他的脏腑。我该怎么叩门,才能被容纳进去?我本该在门里,我本该是他骨中的骨,肉中的肉。

渴望始终在变化,但人们选来实现渴望的人是无法变化的。最开始他们为嗜甜的舌头选了樱桃蛋糕,后来又失望于蛋糕没有烤羊排的膻香味。哪有这么便宜的事?麻药过劲了,魔法消失了。第一次失败,败在不假思索。第二次,第二次是我和我丈夫都高估了对方和自己。

六说,豌豆上的公主睡不着是因为豌豆,你睡不着是因为你身边的人,人不是豌豆,人不能被扫到簸箕里。你有勇气结两次婚,为什么没有勇气再离一次婚?

不,我还想赌,赌这一切不会再变坏。用钢笔写字的时候,笔下的字没有颜色了,人总会用更大的力压着笔尖继续写,等墨水下来。因为你看不见墨囊,没法知道墨水是不是没了。有时墨永远不会下来。

我拨开窗帘看看,蓝月亮变得惨白,即将沉落,像酒杯里最后一块残冰。六说,还剩最后两个展厅,咱们看完好吗?

于是我们走进倒数第二个房间。这里没有影像,屋里的木地板上刻出弯曲交叉的轨道缝隙,像电脑主机里的线路,像人们在克里特迷宫中乱闯留下的行迹。轨道里有两个东西动了起来,不是牛头人米诺陶洛斯和破解迷宫的忒修斯,是一男一女两个木偶。有头,头上有逼真的假发,穿着真正的礼服,脚下穿着舞鞋,只是脸上没有五官。

它们的木头脚心里伸出一根杆子插入轨道里,下面安着滑轮。滑轮滑动,它们像贴地飞行一样向彼此滑过去,停下来,四支手臂有点僵硬地扬起,犹如得了关节炎的老人,手与手搭在一起,舞蹈开始了。

它们跳的是最简单的华尔兹,一二三,旋步,转身,裙子飞离地面几厘米,一二三,再旋转。

六说,这是辛德瑞拉故事的一点余韵:王子生命最后几年热衷于设计机械人偶。死前两年他已不再出门见客,自我幽禁在这幢房子里。他设计了这个房间里能让人偶跳舞的轨道。两个人偶也是他亲手做的,连假发都是他的。他剃掉自己的头发,让工匠做成假发给人偶用。

我望着木人头上的假发,觉得一阵寒意一阵恶心,强笑道,真不容易,他到老还没秃头,还有这么多头发可剃。

不，王子去世时并不老，只有四十一岁，还在壮年。他死于糖尿病并发症。

四十一……而辛德瑞拉活到了七十多岁？

还不止，她八十九岁才去世，辞任王子妃之后，她又结过两次婚，生育了五个子女。后两任丈夫一个是芭蕾舞团导演，一个是出版商，离婚后都跟她保持和睦关系。她客串过电影电视剧，跟时尚品牌合作设计舞衣、舞鞋和首饰，还一直热衷策划沙龙、派对、办舞会，直到六十多岁还在交往职业舞者小男友。晚年她出了本自传，大赚一笔，移居南意一幢海边别墅。可能因为爱跳舞，她身体一直非常健康，去世那天还在试穿新舞衣。

女主角有这样的结局，实在出乎意料，我只能连续说道，哇！

六像要肯定什么称赞似的点点头，说，辛德瑞拉是穿着自己设计的露背裙，在化妆镜前的椅子上去世的，女侍出去给她拿降压药，回来发现她已停止呼吸。真是生命力强大的女性，是不是？她死后王室拒绝发表悼念，估计还在记恨她那本自传。

我说，也有可能是她后来的人生把前半段衬托得太糟糕。你说这是辛德瑞拉故事的余韵，我觉得不是，这不是余韵，这才是她人生的重头戏。

对，我用错了主语，这是王子的故事的余韵。

两个人偶在音乐中搂抱在一起，女人的木头脑袋亲昵地垂下来，搁在男人的木头肩膀上。想到这是那位王子脑中的画面，我就觉得这一幕凄凉又诡异，他的前妻已经在异国开启第二段人生，远比跟他在一起快活精彩、滋味无穷，他仍在反复回想初见那一夜的共舞，直至生命尽头。

最后他思念的不是任何一种繁复舞步，只是最简单一支华尔兹。

我说，我们走吧。

天快亮了，夜晚的摄政将要移交给白昼的独裁，如果掀开窗帘看一下，黎明的光会漂白这个房间。我的失眠假期就要结束了。

我浑身酸痛，仿佛每块肌肉都在拳台上被揍了一遍。六去他的办公室替我倒水，他离开前低声对我说，左转第三个门。

左转第三个门是什么？是卫生间。他连这个都想到了！为怕我尴尬，还特意以倒水的名义走开。

我清空了自己，用冷水拍拍脸，甩着手上的水走出来，瘫坐在走廊的椅子里，茫然望着对面墙上带框的黑白照片和油画，大部分画里画着双人舞或多人舞会的场景，也有几位舞蹈家的舞台照，还有一幅青年男子的半身画像。

那人身材瘦削，一头淡金色长发在肩头打卷，白面孔上有一对愉悦满足的眼睛，鼻梁狭长，身后垂挂着大幅猩红幕布，桌上摆着白玫瑰花瓶和一只骷髅头……等等！

我像福尔摩斯一样跳起身，冲到那幅画像前。

——"福尔摩斯手里拿着寝室的蜡烛，高举起来，照着挂在墙上的由于年代久远而显得颜色暗淡的肖像……把右臂弯曲着掩住宽檐帽和下垂的长条发卷。'天哪！'我惊奇地叫了起来。好像是斯台普吞的面孔由画布里跳了出来。"

那也是《巴斯克维尔的猎犬》中的一段。我睁大眼瞪视那幅画像，画中人的脸跟六如此相似，鼻梁中间凸起一粒小小骨头，就像里面有个极小的指头，正要捅破皮肤伸出来。

六带着水杯回来，我在画像边等他，像破了案的侦探一样，得意地屈起手指敲敲画框边缘。

他并无被揭破秘密的窘态，只平静一笑，把杯递给我。是，你发现了，那是王子的画像。我是他们的后代之一，这个，他抬手点点鼻梁，这是我们家族一项出奇强大的基因。一张家族合影，看鼻子就知道谁是血亲，谁是姻亲。推算起来，我该叫辛德瑞拉"叔祖母"。

我伸臂在空中做了个蛙泳的划水动作，所以这座故居是你的家族任命你照料？

不光是照料，我已经继承了这套房产。不，这没什么可羡慕的！你不知道，博物馆每年的门票收入根本不够维护修缮的费用，我还要向各种保护历史建筑的基金会申请资金，要跟别的国家的博物馆积极互动，选择展品出去办展览，好扩大知名度……馆长这头衔，听起来有趣，做起来，太难了。他皱眉咧嘴，做出一个咬了酸梨子的牙疼模样。

我由衷地说，你做得非常好，你叔祖母如果还活着，肯定会为你骄傲，说不定还会穿着舞裙来博物馆帮你宣传。

他笑一笑。

我想起门口的鞋子,说,那些鞋子都属于你的族人们?

猜得差不多。那些是王子与辛德瑞拉的亲友们的鞋的复制品。我用两年时间一一写信给他们的后人,询问是否收藏有当年祖辈的古董衣履,可否捐献给博物馆。大概有七成的信都收到了回音,他们寄来家中的珍藏,也叙述了小时常听家人讲起的辛德瑞拉的传奇。在那些传了两三代、早已走样的睡前故事里,辛德瑞拉是个可爱如精灵的姑娘,被她的坏继母和懒姐姐奴役,也并不心怀怨恨。王子的舞会那夜,她没有舞衣舞鞋,本来没法参加,但有一位好心的神仙教母出现,用仙术变出舞裙水晶鞋,南瓜变成马车,老鼠变成仆从,让她光鲜如公主般驾临舞会,赢得王子的心……后来王子找到她,迎娶她,他们永远幸福地生活下去。

这个故事太圆满,不过也太乏味。

是。

我弯腰把空杯放在椅子上,白瓷杯上画着一个黑色高音谱号,像一个单脚站立、一手捂在胸口一手扬起的身影。他往前一伸手,示意继续向前。

我说,你一直没讲过自己。

没什么可讲,我没有故事,一个也没有。

怎么可能?为什么?

因为我胆怯……他的笑容变得难为情,就像孩子悄声诉说夜里怕鬼,不敢去卫生间,他自己知道不一定合理,但那个怕却实实在在。辛迪,我的故事的第一行还在钢笔的墨水囊里,还没落到纸上。

难道你以前夜里去沙滩散步就没遇到过别的女人?

他不说话,是"有过"的意思。

我追问道,那后来呢?

没有后来,她们不愿意留下来……好了,我们到了。

在第十二个房间门前,他伸手要推,罕有地犹豫了。

我忽然有种急躁和恐惧,不是跟一个陌生人在午夜走进陌生空宅那种生和死的恐惧,而是惧怕寄予希望的人说出错误的回答。我深吸一口气,想把这一刻拖延一下。等等,我一直忘了问,为什么是十二?

他的嘴唇绷紧,也有显而易见的紧张。他不看我,看着门说,《圣经》圣城耶路撒冷有十二个门,十二个门是十二颗珍珠,门上有十二位天使。而摩西又曾派出十二个探子窥探耶和华所赐的迦南,只有一个人回报了嘉信,神便使他们存活,让他们进入流淌奶与蜜的美地。

说完最后一个词,他呼地推开门。

我走进去,看到了自己。

一束光从天花板打下来。一位穿白裙白鞋的女人浴光而立,白手套长至手肘,镶蕾丝花边的高领犹如花器,捧起一张两眼如深潭的面孔。那张面孔,不属于任何一个别的女人,是我的。

跟"我"并肩站立的男人则长着六的脸,狭长鼻梁中间一块小骨头。管弦乐奏响,柔媚得像春天的水,这房间立即像多孔的海绵似的浸透了。

我的心脏怦怦跳着,犹如蛮族战舞的鼓点。六的声音在我身边响起:博物馆里的记录仪扫描了你的脸,合成到舞者身上。最后一支舞是你和我的。

贴着四壁排列一圈密密麻麻的玻璃展柜,每个柜子的黑绸缎棉垫上摆着一双舞鞋,丝绸鞋面和丝绒鞋面泛着相似又相异的光色,桃红缎子系带鞋小巧得像一对花瓣,船形鞋,杏核形鞋,红漆鞋跟,黄铜鞋跟,木制镂空雕花鞋跟……我想起他的话:门口那些鞋只是复制品。这里精心保存的才是真正的古董鞋。

宛如那些曾目睹辛德瑞拉艳光的玩伴们并未离去,仍站在四周,两眼发亮,等待为下一支舞鼓掌。

在我呆呆凝视时,他不知从哪里取出一双鞋来,双手捧着,走到我面前。白缎面高跟舞鞋,鞋底倾斜着亮出来,像并在一起的一对微型滑梯。鞋帮上绣着凸起花纹,鞋口有些发黄,以不完美证明自己的真身。

不用问,这是辛德瑞拉的舞鞋。

他把几个小时前在海滩上的话再问了一次:可否?

我死死盯着那双鞋。它从整夜萦绕在空中的、烟雾一般的传奇故事里掉落出来,像传讯的鸽子落在我面前。

我非常,非常想拒绝,拒绝它,拒绝这支叵测的舞,但我眼前出现了那双鞋像画框一样镶嵌在布满伤疤的脚背四周的样子,仿佛它已经发生了。人怎么可能改变已发生的事?……我点点头,他蹲下,替我除掉脚上的红色平底鞋,把白色高跟舞鞋套上去。

踮着脚站在高跟鞋上,会感到准备去够什么原本够不着的东西,那悬于一点、岌岌可危的平衡也令人浑身紧张。造鞋的老妇说,大部分鞋是皮革绸缎质地的足枷和刑具。是的,像不时扎向马腹的靴刺——这大概就是为什么人们觉得穿高跟鞋的女人"性感"。

他深吸一口气,挺直腰身,眼睛在鼻梁两侧,像山峦一南一北两颗星星,灵魂从眼珠后面浮出来,犹如掌管水域的神灵从湖底升上湖面。我发现他的性感忽然锋芒毕露,在这摇摇欲坠的时刻。他不动声色地,像削铅笔一样,一刀刀把隐藏的自己削得如此尖锐,充满攻击性。他向我鞠躬,伸出手。我抬起手,让他握住。

投影造出的两个虚幻的人消失了,让位给血肉之躯。我被拉得很近,近得能看清他眼皮上几根未能跟眉峰会合的毛发。就像把手伸进兽笼格栅里,我一阵胆寒,嘶嘶地向齿缝里吸气。这是这夜的第一支也是最后一支舞。

堤坝崩塌,久违的幻觉席卷而来。他的手扣到我背上,像牛仔的绳圈套住马脖子,我被带走了,带进洪流中,身不由己,而这一切危险的亲密,竟还都包裹在舞蹈动作的合理性之内。

地板像抹了润滑油,像涂了带雨水的云,光和影在身上脸上更迭。挪移到光源下时,他的睫毛在眼睑下投下阴影,像垂落并拢的手指。一夜过去,他唇上的薄髭也变厚了。

……这是什么曲子?

是王子跟辛德瑞拉跳的第一支舞，是一切开端之曲。

是不是每个鼻梁凸出骨头的人都天生擅舞？六是这么好的舞伴，节奏就像长在他双腿里，身姿无与伦比，矫健有力，又满含体贴。我跟随他，犹如凡·高画里的两枚光团，被风和蓝紫色气旋裹挟，飘浮，飞行在空中。

我昏昏沉沉地看着他，嗅到他皮肤上独特的气息。他的睫毛长得让人想伸手梳理，淡金色头发从头皮上立起短短一段，又以柔和的曲线倒伏下去，一种荒谬的美。

他眼中有哀愁和热望，一夜遮掩的思虑都集中在那儿。

他说，你该明白，我对你的邀请不止这一支舞。我知道你喜欢这个博物馆，你可以与我一起掌管它。外面的时间在这儿是不算数的，我们可以永远跳舞。我绝不会强求你成为贤惠的妻子或母亲，我也从来不是人们眼里的正常人，所以我不要求你"正常"。我不会要求你做任何事，你完全自由，你可以自由地成为任何你喜欢的样子。

他的眼神变得松软，松软得像舒服的枕头，那种对失眠人来说比大麻糖果还诱惑的枕头。

我看着他，两唇衔着缄默，像衔枚夜行的士兵，一旦出声，枚落，就会被军令处刑。

我不能开口说出这一夜的愉悦，我不能说我从未享受过更默契的陪伴，我不能说我甚至愿意做你口中歪斜的犬齿，成为旋律里弹错的那一个音符，而我也想与你度过更多的夜晚，度过令人发疯的一个又一个失眠的小时，度过所有我害怕被遗弃的时刻，让我本质里幽暗的部分在皮肉之下退却。我那缺乏意志的心脏，就像被重击过一样，沉甸甸地充血，那些必须拘押的、有罪的话语把笼子撞得一声声闷响。

可是啊，如果有人用了最极致的形容词，要警惕，万万不能相信。风声呼啸，光扫过我的瞳孔，我有一瞬间看不清任何东西，又仿佛看清了所有，看到抛家弃子的女人到异国来，伴他定居在这里，机票，行李箱，裙子，国际长途电话，愤怒不解的父母，水电费账单，衬衣胸前污渍，沉闷聒噪的日子，无法在异地接续的工作，疲惫地打着绺不再美妙的金发和面孔……如果有人用了最极致的形容词，要警惕，万万不能相信，因为那证明他还不懂得幻灭的剧痛。而"完全自由"只是飘在木架子上，因缺乏血肉而过分轻盈的舞裙。

我说，谢谢，谢谢你陪我度过这个失眠夜。

魔法消失，马车将变回南瓜，仆从变回老鼠。这朵玫瑰就像所有的玫瑰只开放一个上午，这个承诺，就像所有的承诺一样，只美妙了一个夜晚。

六替我叫了出租车，并提前付清了车钱。但离酒店还有几个街口时，我让司机停车，下车慢慢走回去，我需要一段步行时间，需要用疼痛的脚掌踩在地面上，获得那种沉重、艰难但确切的感觉。

这是个阴暗的早晨，天空黏糊糊的，并不清新，没有什么催人振奋的征兆。后来太阳出来了。每次熬过一整夜再见到阳光,总像阔别一年。平底鞋不知什么时候被扎破,里面红色液体早就流个干净,现在它显得苍白、疲乏、空洞,一双再普通不过的鞋。

走过那条作坊街,我忍不住再次转弯进去,去找那家老妇人的鞋店,只走到门口就进不去了,门外停着搬家的卡车,几个工人正进进出出搬板条箱。高跟鞋形的霓虹灯招牌已经摘掉。我还不死心,探头往里看,果然,空了,制鞋案子搬走了,满墙鞋架只剩高高低低的木板。犹如一切魔幻故事的结局。我没机会把鞋钱还给老妇人,也再没机会让这双鞋恢复血色。

又路过那十字路口,带阶梯的圆形小广场还没来游客,裤子肥大的卖艺男孩跟女友坐在一起吃热狗,CD机放在他们中间,两人都面无表情,仿佛一天还没开始已经疲倦了。

终于回到旅店,大堂的钟显示早晨六点钟,守门人不在,电视关着。我搭电梯上到十二楼,走廊里的地毯软得让人想就地倒下。我们房间的门虚掩着,仿佛在等我推开。

我像个孤儿回到了孤儿院,没什么喜悦,不过总归心头一暖。推开门,我丈夫正背对着门口,站在窗前跟女儿——女儿们——打视频电话。他叉着腰,为小女儿的新发型发出笑声,那笑声洪亮、健康,是个度过香甜一夜睡眠、毫无心事的人的声音。多好的嗓子,多顺畅可亲的家常话,他一个人就能造出满屋热闹温馨。

我站在门口听了一分钟,掩上门,又下楼去,打算等他打完电话再上去。

在大堂里,我遇到换掉制服、准备下班的守门老头。他说,早上好,美丽的夫人。

他对我愉快地挤挤眼睛。普林斯先生早晨问我有没有见过您,我说夫人五点钟出门散步去了。

我不太笑得动地一笑。谢谢你。

等会儿你们打算去哪吃早餐?

还去昨天你推荐的那一家,等我丈夫给女儿们打完电话就去。

昨天普林斯先生给我看了照片,您那对红发双胞胎真漂亮啊!真羡慕您,您家三个女儿都像天使一样。

是,我爱她们,我爱我丈夫,我爱我的家庭和生活。

注:

1. 文中丈夫的姓氏普林斯(Prince)也是王子的意思。
2. 本文中出现的所有虚构数字都是六的倍数。
3. "请留下来陪我"(Stay With Me)是英国歌手萨姆·史密斯的歌,收在他2014年5月的同名专辑中。

张天翼,女,生于天津,英文学士,古文献学硕士。六岁时写了第一首诗送给母亲,九岁时下决心将来以写故事为业。出版过两本散文,三本小说,历获朱自清文学奖、年度最佳华语散文奖、"钟山之星"文学奖等。有小说改编成电影上映。现在是自由职业者,以写小说为生,与丈夫定居北京。

我是梦露

庞 羽

梦露何时出生？1926年6月1日。 梦露芳华几许？终年36岁。梦露有多美？鲜活，纯真，春水一样，带着唇边一点痣。梦露。梦露。王梦露叫着自己的小名，心里头，却是那个胸大肤白、风情万种的玛丽莲。

也难怪，王梦露这女子，大脑门小眼睛，厚嘴唇薄脸皮，没屁股没胸脯，成天待在家里，不出去吓人，也是造福。在老家，聋父哑母听不见她说话，也听不见其他人说话。在学校，男生呕她一句，她急红了脖子，也骂不出娘。对，这就是关键。她是个大舌头——锄禾日当午，地雷埋下土。你娃挖地雷，炸成二百五。等她换了舌头，她要把这些骂出来，不，是吼出来，配上汪峰，配上猫王。

学校里的事，都过去了。现在的梦露，还是一个大脑门小眼睛、厚嘴唇薄脸皮、没屁股没胸脯的女人，不过，她有三寸支吾舌，却不妨碍她上天入地，飞檐走壁，开公交车。只要她往驾驶座一坐，那架势，飞上枝头当凤凰，潜入水底做蛟龙。那些个乘客，都竖起大拇指，这3路，稳当，迅速，马达响亮动力足。

梦露曾想开8路，那个是城市路线，从联华商厦到小蔚园，从小蔚园到飞鹿购物中心，一路好风光，点缀宝马、美衣、名牌包，多上海多纽约！后来她也想通了，开着3路，从乡下飞驰到城际，什么牛羊啊猪马，稻田啊麦地，统统抛到脑后，到了终点站，那些乡下人哗啦一下全倒出来，剩她眯眼看着这座城，爽亮亮，挺刮刮，齐活。这时候她想来支中华，没错，她可是城里的。

久而久之，梦露也习惯了蛇皮口袋、鸡叫鹅叫以及大妈大嫂一身的猪粪味。偶尔来个光鲜亮丽的姑娘，一张口，半吊不吊的乡下口音。梦露不和他们说话，对应的，他们也不和她啰唆，只是头对头地交流着，村书记和哪个哪个好，麦秸焚烧烧到了哪家哪家门口，不胜其烦，也生机勃勃。王梦露总是气，气自己，怎么听得懂他们的话？没法，她只好坐着，偶尔探来一个黑脑袋，姑娘，慢点。姑娘，有没有多余的塑料袋？

说到塑料袋，梦露头生疼。那些塑料袋不够大吗？车上一摊呕吐物，味道经久不散。今天是番茄炒蛋，明天是宫保鸡丁，浓油赤酱，浓郁扑鼻。王梦露想呕，想到整车的人都浸在这菜香里，倒也没事了。人家大粪还浇菜呢。五谷轮回，善哉善哉。

　　王梦露是来投奔干妈的。干妈是车站的一个中层领导，把梦露放到3路做司机。干妈姓季，久而久之，司机们背地里叫她鸡婆，梦露也跟着他们一起叫。梦露不出车时，很是恬静，夜里看看韩剧，白天蹬蹬四轮车。梦露常有美梦，都敏俊带她飞。而白天，车站的那些男司机，见到个美女，黑眼珠转一圈，见到个大妈，眼白翘上天。所幸车站都给他们配了墨镜。而梦露看得出来，1路的喜欢长腿，11路的喜欢大胸。但她不拆穿。他们呀，活着一群狼，死了也是一群死狼。碰到个老头子装糊涂不给钱，从13街骂到7里路。

　　王梦露也喜欢到7里路买衣服。魅影仙踪这家就不错，也不贵。年初她给自己买了一套长裙，亚麻色的，有小腰带。娇花照水，弱柳扶风。至少在镜子前，梦露这样对自己说。可惜了这样的妙女子，成天刹车轮胎离合器，怎能婉婉细腰如玉立？梦露哀叹着，地铁上面有白裙子，而公交车上面，只有毛衣墨镜九分裤。

　　都敏俊离开地球的时候，王梦露居然穿着长裙去上班了。头一次，她享受了车站男司机的集体注视。有那么一瞬间，裙角拖到地上去了，"沙沙"声像是她的心在摩挲。一阵日照，裙子上满是春日涌动的青草味。

王梦露还是挨了领导一顿骂,但她觉得值。阳光是金色的,值;公交车是绿色的,值;马路是无边无垠飞上天空的,值。那天脱下裙子,她的心里依然有得得马蹄,春风飘洒,衣袂飞扬,那个白马好姑娘,当配这青春美酒一箪饮。

季主任居然给大家开了个会,说什么清肃纪律,惩治奸恶。会上,她抻抻手指头,吧嗒嘴,哼了一唧,有些人啊,丑归丑,脑袋又兜在衣服里。王梦露翘了一记白眼,她不干了,撒泼了:王梦露,请你给大家谈谈你的感受。

那些司机窃笑时,王梦露的第一句话还没说完。也罢,人们常说,一切尽在不言中,想必季主任知道她要说什么,那些个司机知道她要说什么,而她自己,想说,却闷了一肚子屁。

散会后,王梦露练了8个倒车入库。挂入倒挡看角杆,左门窗边慢打盘;盘速跟着车速转,左转方向看中杆。左后门窗角对杆,点前打死点后回;车尾入库速看镜,车身平行回两圈。车速宜慢不宜快,保持平行不压线;车身出库不撞杆,车镜出库不挂杆。不能说,可是滚瓜烂熟。

朝阳还是那个朝阳。王梦露在车座上危坐,心心念念地想着那条长裙。优雅的开襟设计,流畅的针脚走线,服帖舒适的剪裁衣料,一切都构成了这条亚麻色小腰带复古风及地长裙。最好配上一双金色铆钉尖跟鞋,若隐若现,撩人心波。听说华伦天奴不错，Giuseppe Zanotti 也不错，虽然不知怎么读。第一站到，车门打开。梦露觉得，她的人生还在不断开始。

这趟城乡线也不省心。一个老头非要把狗带上车，说狗陪了他十年了，比他儿子还孝顺，他带他儿子上车，总没错吧？有个肥妈说，你这狗万一咬了人怎么办？老头说，不可能，它可通人性了。这时半车的人起哄了，说不带狗不能带狗。老头倔，扬起手臂自己咬下去，要是这样，你们每人咬我一口。双方僵持不下，公交车都熄火了。王梦露沉着身子，一声不吭。狗叫了起来。肥妈大叫一句，司机，你给个说法嘛！

起码，这一车的人，都知道梦露是个结巴。梦露闭着眼睛，也许一传十，十传百，全天下都知道了。但是，这个秘密一公布，一车的人都安静下来。秋蝉阵阵，凉风习习，太阳，也稍稍往西边去了一点。那只田园犬耐不住了，呜咽一声，跑下站台。老头去追。肥妈说，司机，开走吧开走吧。而这个老头儿，抱着狗拍车门。肥妈憋红了脸要开骂，窗边的小伙子发话了，鬼幺，既然这是你儿子，总要给车费的吧？这个叫"鬼幺"的老头，往公交车里呸了一口，拍着屁股，走了。

汽车心满意足地启动。阳光落下来，梦露的墨镜上五彩斑斓。都敏俊还会不会回来？那时，不必飞翔，不必生死相随，给我一只新舌，一双新唇。

刘备是他的第几代孙子？他老婆吕后怎么把戚夫人做成人彘的？西楚霸王又是怎样败北于他的手下的？这一系列问

题，都紧紧围绕着一个人，刘邦。他是泗水亭长，他是沛公，他是汉高祖。而我们的这个刘邦，黑眼黑皮，鹅首鹅脑，七步之内听不见声音，三寸之间拢不出心神。要说他有帝王相，拉歌拉屎敢称皇；要说他满身颓丧气，一个跟斗，春耕秋收就成了。

和那个刘邦一样，这个刘邦也出身草莽。爷爷种地，奶奶种地，母亲种地，父亲种地，一家种地，劳动光荣。在他短短20年生涯里，也有过学生时光。倒也不出所料，这样的男孩子，皮实，不好学。每次出成绩，老师都会把他耳朵拧一圈。久而久之，他耳朵更劲道了，哪儿掉了一块钱，他比谁都清楚。成绩半死不活，他父母却盼着家里出个文化人，交了脚底钱给他买了个镇高中，他好，不出半年退学了，说城里多好，灯红酒绿，细腿蛮腰。就这样，他打工去了。每回坐着城乡线回来，眼睛缝缝里都透着光。

天将降大任于斯人也，必先……啥的。学了九年半语文，刘邦就记得这半句。但这半句拗口啊，刘邦背了三天呢，走路背，吃饭背，蹲茅厕背，他想啊，以后无论坐本田还是奥迪，吃五花肉还是澳洲和牛，便秘腹痛还是一泻千里，都得记住这句经典名言。可惜造化弄人，他只是在制鞋厂、食品加工厂、物流运输业翻江倒海，离大事还差得远呢。他也善于反思，说刘邦神勇，差一个冤家，项羽。

在制鞋厂的日子里，胶粘鞋、缝制鞋、模压鞋、注塑鞋、硫化鞋，他一不留神都学会了。前面的，他囫囵几双，胶水凹凸不平,走线歪歪扭扭;后面的要用机器,他按下两三个按钮,就草草了事。也就一不留神,他卷铺盖了。在食品厂的日子也这样,用句他都没听过的话说,"寡人闻忘之甚者,徙宅而忘其妻"。到了圆通这个和尚麾下,他乖起来了,小摩托一开,快递一扔,呼啦呼啦。顾客忙着拆包裹写评价,两方相安无事。只是下班了,他的小摩托要上交,看着铁驴落寞的背影,他搓搓手,吃个红枣吐个核,天底下没有不馊的宴席。

男大当婚,女大当嫁。刘邦大了,也没人嫁他。他父母前一个啰唆后一个唠叨,他自己也急。成家立业,成家立业,先成家再立业嘛。所以,刘邦神勇,差的不是项羽,是吕后。

选拔吕后也很头疼,刘邦顺了他的父皇母后,回家相亲。每周周末,他和小铁驴依依惜别,跑到路口等3路。3路司机是个女的,大脑门小眼睛,厚嘴唇薄脸皮,没屁股没胸脯。不过,阳光落在她脸颊,细细绒绒的毛,像飘摇的水草。有次她穿着长裙,从他座位看过去,模样儿水灵灵。

3路上鱼龙混杂,好在刘邦也不是好鸟。一阵菜香一阵鸡叫,红星村就到了。红星村地不大,但也有良田绿水,茅屋枯树。刘邦走在田野小路,心情有点压抑,但一想到是去见自己媳妇,心情荡漾起来,总想快点到家。但他还是绕路了。为啥?他要躲过鬼幺家。鬼幺何许人也?不过是个老头。这老头还有个外号,三里滑,三里之内,没有比他更滑头的人。他用水泵接消防栓,把屋里屋外、田边田角洗了个遍,村主任跑过去说理,后来村里的水泵就没了，鬼幺窝在躺椅里数钞票；他偷猫偷狗，林家嬷嬷的宠物猫、妇委主任的看门狗，说没了就没了，不知城里哪家在吃滋油烤肉串，鬼幺窝在躺椅里数钞票；听说城里7里路段的地产有前景，鬼幺在那儿有房了，时不时在村里摇摆，说要去城里休假两天。这些都是次要的。刘邦怕他，就因为他毛还没全的时候，吃过鬼幺的厉害。鬼幺家院里有棵柿子树，刘邦嘴馋，爬上去吃了两个。鬼幺贼精，找来几个凶狠的大狼狗，围着柿子树伸牙伸爪，尖叫嚣嚣，口水遍地。刘邦尿了一裤子。从此，他看见鬼幺，都要提臀加小跑。

　　刘邦用锄头耙了半亩地。可见他有多生气。他母亲反复劝他，脸大是福相，腿粗劲儿足，屁股大，好生养，生的还是儿子。他父亲劝他，村支书的外甥女，我们还高攀不上呢。他一听，把锄头放下，跑到鸡棚里捉了只母鸡宰了。汤味鲜，鸡肉香，他的老母亲拍着手大叫，每日3个蛋，每日3个蛋哪。

　　吃完了每日3个蛋，刘邦打着嗝儿拍肚皮。我说范冰冰不错，可惜还是胖，李冰冰整过了，咱不要，杨幂年轻又漂亮，可惜为人母了。唉唉唉，刘邦在肚子上打了个圈儿，等咱干了大事，来两打高圆圆。

　　在上城前，刘邦去了小树林。这小树林挺怪，有些树干上长出了美女照片。也不算长出来的，从小到大，刘邦和那些哥们儿，时不时躲进这个不见人烟的小树林，把眼馋的美女钉在上面。干啥？打飞机。夏天，萤火虫飞舞，照在照片上，倒有些瘆人。冬天，没人了，照片狂啸，撕扯，飞舞，北风把她们都吹褪了色。等他们过了劲，小树林又成了一片荒地。刘邦算有情义，有时还会来看上两眼，这个是还珠格格，这个是嫦娥姐姐。红透半边天，也成了这般孤魂野鬼。

奠念了自己的青春，刘邦拾掇拾掇准备开溜了。怀揣着一块腊肉半串香肠，刘邦踏上征途。秋高气爽，稻穗在不远处摆来扭去，像无数站街女。说实话，刘邦想念吕后了。

3路姗姗来迟。还是那个大脑门小眼睛，厚嘴唇薄脸皮，没屁股没胸脯的女司机。刘邦总想着，某一天，他也能开车，开这样的大型车。等车的人涌上来，刘邦二话不说，蹿上车，抢了门口的座位，视野宽，凉快。车上人还是那样，左边是王家埭的，右边姓孙，后边的肥妈碎碎嘴，前面的女司机呀，啥话都不说。

鬼幺跑来时，刘邦打了个哆嗦。很快，刘邦看见了那只田园犬。又偷的哪家的？刘邦别过脸去，思想品德课上说过，不拆穿也是美德。鬼幺没注意他，溜着自己的腊肠嘴说，狗陪了他十年了，比他儿子还孝顺，他带他儿子上车，总没错吧？车上人不干了，肥妈差点和他吵起来。刘邦静静地坐着，像个老僧。

女司机说话时，世界都安静了。听她说出第一个字，第二个字，到了第三个字停下了。刘邦看着她，阳光落在她脸颊，像霰雪纷纷落，像春风淡淡回，他觉得她要开花了，特别美特别香的那种。倏地,田园犬叫了一声,挣脱了绳子就跑。鬼幺追出去。车里的人怂恿着司机快走。鬼幺的死脸又贴上来。女司机想说出第四个字,刘邦倒发话了,鬼幺,既然这是你儿子,总要给车费的吧?鬼幺剜了他一眼,焉里吧唧地走了。

阳光在车窗外飞驰。秋天的小树林美极了,秋天的城市也美极了,秋天那些没有开放的花儿,美得特别传神。

王梦露把长裙摆在床上,先欣赏一遍,再抚摸一遍。3路车里的味道,还在她身边徘徊。后来她买了瓶香水。香水是大罐,她又去买了小瓶喷雾。每天坐上车,她都会在四周喷一点。后来有个老太婆,特地凑过来,说什么味道,熏人。她没搭理,直到某天,有人吐了一摊,香水味结合菜香,让梦露差点晕车。这玩意儿不好。于是,她又把香水喷在长裙上,每天闻闻,心旷神怡。

老天也有三角眼,而且只开了那么一天。10月初,城乡线上要修路,8路的司机请病假,季主任瞅瞅她,让她顶上了8路。

联华商厦挺大呀。梦露望着上面的招牌,有点入神。要是她有个正常的舌头,可能在某个星期天,坐在冰激凌店,看着联华商厦里来往行人,舌战闺蜜三人,话挑壮士八百。皇帝老儿坐我家,也会让着我三寸。做一个城里人,真心划算。前面的绿灯亮了,梦露抬起离合器,前面的小摩托不走,她也不舍得启动。直到后面鸣起喇叭,阳光落在墨镜镜片的波谷,又被波峰送上半空。

小蔚园和飞鹿购物中心还是那样，人来人往，车水马龙。一拨人进去，一组人出来，偶尔一个年轻妈妈丢下了孩子，孩子站在广场上哭，也没人搭理这些。阳光照在广场上，每个人面无表情，又幸福得冒油。梦露想，7里路的魅影仙踪，还孤孤单单地站在地球上，日光灯闪亮，晾衣架整齐，风吹起门口的裙角。

把长裙带到汽车站，是梦露一个人的想法。每天3路在下午六点半准时停运，王梦露把长裙放在储物柜，下了班就去厕所里换。换完衣服的梦露，娇花照水，弱柳扶风，走起路来，裙边曳曳的，风拂过来，有点那个玛丽莲的味道。1路和11路的司机看着她，那个鸡婆，也拿眼睛瞟她，阴阳怪气地说上几句，等着梦露说不出话，结果梦露不理她了。有几次，她面对面撞见季主任，这个鸡婆眼睛生出了无数藤蔓，苔藓，要把她整个人盖下去。

那天，梦露的储物柜被打开了，空如鸡蛋壳。阳光还没有全部褪去，梦露在余晖里发抖，想尖叫，却一个字都说不出来。空旷的大厅里，高跟鞋走得决绝，那个鸡婆也回家了。

回家，对于刘邦来说，就是得空的时候，下乡吃一顿。城里的地沟油、苏丹红、吊白块儿也很香，配着82年的鸡爪93年的过期肉，刘邦就这样把自己对付过去了。每天，送完最后一个快递后,他都会看着城市的夜空,吐出一个个圆形的烟圈。不远处居民楼亮堂堂的,这边的快递点熄灯了。在这黑与白之间,刘邦闷闷地骂了一句,做一个城里人,真他娘地好。

快递员得熟悉城市的每个角落,相应的,刘邦也算称职。不过偶尔,他会把小摩托停在联华商厦边。那边美女多,腿光溜溜,皮肤白滑滑,简直像水泥做的小树林。小蔚园也挺好,有几个女孩身材超棒,估计住在附近。飞鹿购物中心很热闹,大妈大嫂也多,寻找美女,得尖着眼儿。没错,刘邦在找吕后,那个百依百顺又心狠手辣的吕后。

刘邦心里已经有3位吕后人选了,就差认识,牵手,谈恋爱了。风驰骋过去,他还在半清醒半迷糊地想着,直到一阵刺耳的车鸣。刘邦转身,是8路车,奇怪的是,上面却是3路司机。大脑门小眼睛,厚嘴唇薄脸皮,没屁股没胸脯,毛衣墨镜九分裤。说实话,刘邦挺想念她穿长裙的样子呢。车鸣渐起,刘邦发动摩托车。秋阳高照,几个长腿美女走过,他感受到了荷尔蒙的涌动。

秋意涌动,落叶纷飞,一切都告诉梦露,你该穿长裙了。梦露感受到了这样的召唤,下了班就去7里路魅影仙踪。一定不只一条,说不定还有更好看的。

好看的女人多着呢,不着急。刘邦骑着摩托车,风驰电掣地对自己说。今天7里路的快递比较多,留着稍微晚点,一起送过去。

　　两个人相遇在一个三人宽、满墙水迹的7里路小巷。王梦露换上了黑色细腰带郝本风及踝长裙,刘邦也送完了最后一个快递,推着小摩托疲惫地走着。两人本毫无交集,但刘邦停下了,对着梦露认真地说,姑娘,你穿长裙真好看。
　　王梦露却停住了,脚尖脚跟并拢,身体僵直,双手握拳,憋红了脸说,你……你,你,骂——骂我。
　　刘邦又认真地、一字一顿地说,我没骗你。让他想不到的是,王梦露愣了好久,然后蹲下了,把脸埋在长裙里。刘邦停好摩托车,凑过去看她。梦露像是反感他沉重的呼吸声,抬起头,咬着嘴说话:你……过了一秒,她放弃了,睁大了眼睛说,我……我,没,没哭。

　　刘邦看着夜空,吐出一个个圆形的烟圈。而另一支烟,也架在梦露的手指间。刘邦开始说话,说城里好,风景旧曾谙;乡下太乱,不留下他飞过的痕迹。梦露静静地听着,不着一言。刘邦看看她,又开始说话,小时候参加婚宴,吃过上海的奶糖,软甜软甜的,大了点去扒上城的汽车,逃了票,被半路赶下来,跑了8公里回家。现在呢,他住在城里,天天骑着摩托车,在城市的肚子上划来划去,别提多爽了。可是他就憧憬着,有生之年,一定要开大车,干大事。梦露坐着,用整个口腔感觉自己舌头的形状，舌头的味道，想起了地铁上的白裙子，一个从小被母亲抛弃，父亲不知去向的女孩，流落在一个个寄养家庭里，幼年时受过性侵害和继父的骚扰；孩提时代的精神创伤，让她长大后，总是担心被人抛弃，认为自己被遗弃、被抵触。在公共场合，她竭力让自己吸引人，独处时，却完全忽略自己，而她的抵御方式是每天服用20片巴比妥，吞下多种镇静药，甚至被人送进精神科封闭病房……她在洛杉矶出生，也在洛杉矶死亡，城里人还是城里人。

刘邦转过来了，望着梦露。梦露交叉着双手，就像一朵盛开的兰花。他们都沉默了，不知哪里传来了一声犬吠，然后簌簌落落一阵，那只狗像被压下去了。两人都没在意，垂着头不看彼此。突然，刘邦低声说，我带你去看小树林好不好？

梦露一直在琢磨这件事，她怎么肯的。那条黑色细腰带郝本风及踝长裙掀上去，她的两条腿，就像两尾摇摆的鱼。梦露极力抗拒，而刘邦不知哪来的力气，按住她，就像拧断西楚霸王的脖子。渐渐地，梦露没有了力气，整个人软下来，摊在案板上让刘邦摆弄。刘邦呼哧着，抽动着，像那个泗水亭长，沛公，汉高祖。梦露呻吟着，颤动着，像那个胸大肤白、风情万种的玛丽莲。在7里路一个三人宽、满墙水迹的小巷，她托起了他，他成为她。

一年级的小偷，

二年级的贼，

三年级的美眉跳芭蕾，
四年级的帅哥一大堆，
五年级的情书满天飞，
六年级的鸳鸯一对对，
初一的学费真是贵，
还不如加入黑社会，
有钱有车有地位，
娶个老婆叫玫瑰，
玫瑰玫瑰我爱你，
就像老鼠爱大米，
生个儿子叫乌龟……

事情被抖出来时，梦露在路上，刘邦也在路上。3路车上的几个大妈，耳语一阵，又站起来，瞅瞅梦露，瞅瞅手机，又耳语一阵，窃笑声声。梦露不以为意。直到回到汽车站，几个男司机躲着她，仅剩的女司机，给她脸色，也不朝她发话。她走到储物柜，季主任拦下了她，给她看手机视频。

没想到，那个小巷还挺敞亮，拍摄角度也鬼精鬼精。梦露放下手机，把储物柜里的黑色郝本风及踝长裙取出来，换上，一步步走出大门，走进秋阳的余晖。

不出所料，刘邦来找梦露了。她打开门，铁着脸不说话。刘邦也没说什么，塞给她一张纸条，上面是自己的手机号码，然后进了她家厨房。"滋——"一声，随即传来油煎蛋的香味。梦露贴着厨房门，刘邦转身对她说，每日3个蛋，要3个。梦露不吭声,推着他,把他撺出去。刘邦站着,说母鸡生崽子,鸡崽子是从蛋里孵出来的,阿猫阿狗生崽子,是直接生出来的。梦露感觉受了羞辱,门啪地关上。刘邦不甘心,拍着门大喊,相机生相片,也是拉出来的,但要有接生婆。王梦露觉得听他说话也是浪费时间,走开了。门后面的叫声尖锐而震耳欲聋,是他拍的,是鬼幺,鬼幺!

　　王梦露把自己闷在家里,请假不去上班。也没什么事,那些人不会把臭鸡蛋扔到窗子里,也不会撬开门把她吃了。电视机开着,她只看新闻联播,电脑开着,她只用来听听音乐。她穿着黑色及踝长裙在屋子里走来走去,开心时,拉起裙角,难过时,蹲下来,听裙子落在瓷砖的沙沙声,一切舒心多了。

　　鸡婆来了电话,梦露换下裙子,穿上毛衣九分裤。阳光拍打着这个城市,让她想起了小时候,红棉袄,绿裤子,那些花了脸的姐姐们逗她,你说一句普通话试试,说一句。那时梦露的舌头就开始打结了。结果,她们还是村妇,梦露成了城里人,城里的结巴。开公交车久了,她也不乐意瞧见那些鸡鸭鱼鹅,还有那一身尘土气。灰姑娘拍拍灰,也胜那娇花照水,弱柳扶风。

　　像是春风吹进了季主任的眼睛,那两条缝是如此柔和。她拍着梦露的肩膀,说,一个姑娘来外地闯荡,肯定有许多不易,我理解你。王梦露觉得不可思议,掐了自己一把。季主任继续说,这件事也不是你的责任,姑娘家总要有这么一回,横着竖着都一样，多有难处，不要太自责。疼，王梦露反应过来。季主任看着她，眼里有薄薄的一层怜悯，一点慈悲，往深处去，是庞大的刻薄和蔑视，她不停嘴，用佯装亲切的语气说，这件事呢，在社会上也有影响，我们人事部，主要就是想让你缓一缓，先冷静冷静，等风头过去了，咱们明天的事情不会拖到后天的。

关于明天，刘邦不能想得太多。他去送快递，一路呲过去，快递送到手，就听见那些人说，你就是7里路的……刘邦没在意，又一路呲回去。这样没几天，领头不开心了，说，卷铺盖卷铺盖，你自己办。

刘邦再次回到7里路小巷，4栋3楼，住着那个鬼老头。刘邦噔噔噔跑上去，拍门也没人应。于是他带着馒头咸菜，就地蹲候。太阳掉了等月亮，月亮熄了等太阳，秋天这样过，一年四季也这样过的。

看着鬼幺带着一堆狗崽子回来，刘邦机灵一声，浑身通了电。不一会儿，他手持一根棍棒，杀气腾腾地立在鬼幺面前。

鬼幺不说话，主动跑到刘邦面前，躺下了。刘邦问他干什么，他哭起来，说他命苦，这些狗陪了他十年了，比他儿子还孝顺，现在就让它们见证见证，一个小伙子，手里拿着棍棒，把一个老头子打倒在地，等他大声呼救时，看看这天道，看看这些善良的城里人，是帮他，还是帮土匪。

刘邦软了腿投降，鬼幺爬起来，顺手抱起一只狗崽子，摸摸它的皮毛，摸摸它的耳朵，一声声"儿子"唤着。刘邦扔下棍子，不知所措。鬼幺怀里的狗开始叫起来，鬼幺剜了一眼刘邦，说，你对这只狗叫声爸爸，我就饶了你。

梦露去了公园，摸出手机，想打给父母，却难过地想到，她说不出口，他们也听不到。而对于这座城市，她了解它的一街一道，却没空看它的一草一木。她坐在长椅上，不远处一对男女在打羽毛球，场面温馨和谐。不久，那个女的对男的耳语一番，两人走了。后来来了一个孩子，吵着要上长椅休息，年轻妈妈看她一眼，拉着他走了。梦露依旧坐着，孤孤单单，又丰盈充沛。

日头滑动，几个痞相的男子路过，朝梦露吹起口哨。阳光落在她颤抖的头发上。梦露笑了，笑得那样大声，笑她自己，第一次听到男人的口哨；笑这些男人，摇头摆尾地来，又望风而逃；笑普天下的城里人，策马奔腾，又无路可走。

秋风淡淡。她平静下来，拨通了刘邦的电话。

王梦露取走了3路的钥匙，和刘邦一起。坐在只有他们两人的公交车上，爽亮亮，挺刮刮，齐活。梦露让刘邦坐在驾驶座上，在空车位上练了个倒车入库，挂入倒挡看角杆，左门窗边慢打盘；盘速跟着车速转，左转方向看中杆。左后门窗角对杆，点前打死点后回；车尾入库速看镜，车身平行回两圈。车速宜慢不宜快，保持平行不压线；车身出库不撞杆，车镜出库不挂杆。梦露不能说，但手势明确，步骤简明。然后，他们俩在鸡婆、司机和其他工作人员的惊呼声中,开出了车站。

一路,风驰电掣。什么红灯绿灯,什么斑马线车位线,全都碾过去。别说,刘邦还真有天分,刹车轮胎离合器,玩得溜溜转。梦露坐在副驾驶位,想起了几十年前的那个美国女人,鲜活,纯真,春水一样,带着唇边一点痣。她生死都在洛杉矶,都是城里人。但在她的命运中,她始终是乘客,她的方向盘在别人手里。

后面追着无数警车,刘邦在叽里哇啦,什么小树林啊什么村支书外甥女,还有,他要干大事,干一件惊天动地的大事。他说,我叫刘邦,他说,我叫你吕后吧。梦露不说话,蓝色和红色的光,在后视镜里熠熠生辉。

阳光均匀地落在大地上,落在城里,落在乡间。前面就是上高速的收费口了,刘邦有点惊慌,看着梦露。梦露坐着,用整个口腔感觉自己舌头的形状,舌头的味道,突然间,她觉得有什么打开了,黑屋子里开了窗,白屋子里多了一扇门。他们离自动落杆越来越近,警车离他们也越来越近,一道光落在梦露的唇边,她用清晰、标准、不带任何杂质的普通话说,我们开出去吧。

庞羽,女,1993年3月生,江苏省作家协会签约作家。2015年7月毕业于南京大学戏剧影视文学系。爱好小说创作、健身、绘画等。曾在《人民文学》《收获》

《花城》《钟山》《天涯》《大家》《作家》《北京文学》《上海文学》《山花》《青年文学》《芙蓉》等刊发表小说30万字，小说《佛罗伦萨的狗》《福禄寿》《步入风尘》《我不是尹丽川》《操场》《退潮》被《小说选刊》《小说月报》《长江文艺·好小说》选载。并有作品入选《2015年中国短篇小说》《2016中国好小说》《21世纪短篇小说选》《2017年中国短篇小说》等。获得过第四届"紫金·人民文学之星"短篇小说奖、第六届紫金山文学奖等奖项。入选21世纪文学之星丛书2017年卷。已经出版短篇小说集《一只胳膊的拳击》（译林出版社），即将出版《我们驰骋的悲伤》（作家出版社）。